KB241461

유배지에서 역사를 노래하다, 영남악부 嶺南樂府

● 지은이 **이학규** (李學逵 1770~1835)

순조純祖 연간을 대표하는 뛰어난 시인으로, 호는 낙하생洛下生이다. 다산茶山 정약용丁若鏞과 함께 성호星湖의 학통을 계승한 문인으로 손꼽힌다. 유복자로 태어나 외가에서 성장하며 외조부 이용휴李用休와 외숙 이가환李家煥으로부터 학문적 훈도를 받았고, 그로 인해 10대 때부터 시문詩文에 두각을 드러낸다. 그러나 정조가 승하하고 신유박해가 일어나자 경상도 김해에 24년 동안 유배되는 비운에 처한다.

이 가혹한 환경에서도 그는 오로지 시를 짓는 일로서 생의 의의를 발견하고자 한다. 이 책《유배지에서 역사를 노래하다, 영남악부嶺南樂府》는 바로 이 인고의 시기를 대표하는 시집이다. 특히 그는 절친한 선배인 다산이 유배지 강진에서《탐진악부耽津樂府》를 지은 것에서 적지 않은 계발啓發을 받아, 자신이 적거謫居하는 김해로부터 경상도 지역으로 그 범위를 넓혀 가며 역대 인물과 사적들을 형상화해내고, 이 시집을 완성한다. 요컨대 궁벽한 유배지에서 유가적 비판의식을 지닌 한 시인이 국토의 옛 역사와 인물들을 악부체의 시로 새롭게 해석한 작품인 것이다.

● 옮긴이 **실시학사 고전문학연구회**

벽사 이우성 선생과 젊은 제자들이 모여 우리의 한문 고전을 정독하고 연구하는 모임이다. 1993년부터 매주 한 차례씩 독회를 열어 고전을 강독해왔고, 그 결과물의 일부를《이향견문록》《조희룡 전집》《변영만 전집》《완역 이옥 전집》등으로 정리해 출간하였다. 고전 텍스트의 정독이야말로 인문학의 기초이자 출발점임을 명심하여 회원들은 이 모임의 의미를 각별히 여기고 있다.

이우성 대한민국학술원 회원 · 퇴계학연구원 원장

김용태 성균관대학교 한문학과 교수

김종인 성균관대학교 한문학과 박사과정

김진균 성균관대학교 인문과학연구소 수석연구원

신익철 한국학중앙연구원 한국학대학원 교수

손혜리 성균관대학교 대동문화연구원 책임연구원

윤세순 동국대학교 문화학술원 연구교수

이신영 한국고전번역원 전문 역자

이현우 동국대학교 문화학술원 연구교수

장유승 세명대학교 한국어문학부 강사

최영옥 재단법인 실시학사 연구원

한영규 성균관대학교 인문과학연구소 수석연구원

한재표 세명대학교 한국어문학부 강사

유배지에서 역사를 노래하다, 영남악부

嶺南樂府

이학규 지음 · 실시학사 고전문학연구회 옮김

성균관대학교
출판부

책을 펴내며

　실시학사實是學舍 고전문학연구회古典文學研究會가 1992년 서울 대치동에 문을 연 이래, 우리 연구회는 한 해도 거르지 않고 문학 분야의 고전을 읽으며 번역하는 일을 지속해 왔다. 그 결과 지난 20년 동안 《이향견문록里鄕見聞錄》《조희룡 전집》(6책) 《이옥 전집》(5책) 《변영만 전집》(3책) 《이십일도 회고시二十一都懷古詩》《열하기행시주》 등을 연이어 출간하였고, 그때마다 학계와 독자로부터 주목을 받았다. 이러한 성과로 인해 실시학사는 국고國故 문헌을 학술적으로 번역해 출간하는 연구 모임으로서 뚜렷한 입지를 지니게 되었다. 이제 다시 일 년 여의 강독을 통하여, 낙하생洛下生 이학규李學逵(1770~1835)의 악부시樂府詩를 우리말로 옮기고 이를 《유배지에서 역사를 노래하다》라는 제목으로 세상에 내놓는다.

　낙하생 이학규는 순조純祖 연간을 대표하는 뛰어난 시인으로, 다산茶山 정약용丁若鏞과 함께 성호星湖 학통을 계승한 문인으로 손꼽힌다. 그는 유복자로 태어나 외가에서 성장하며 외조부 이용휴李用休와 외숙 이가환李家煥으로부터 학문적 훈도를 받았고, 그로 인해 10대 때부터 시문詩文으로 두각을 드러냈다. 그러나 정조正祖가 승하하고 신유박해가 일어나자 낙하생은 크나큰 참화를 입었던 바, 경상도 김해金海에

24년 동안 유배되는 비운에 처하게 된 것이다. 낙하생은 이 가혹한 환경에서 오로지 시를 짓는 일로서 생의 의의를 발견하고자 하였다. 《유배지에서 역사를 노래하다, 영남악부嶺南樂府》는 바로 이 인고의 시기를 대표하는 시집詩集이다. 특히 그는 절친한 선배인 다산 정약용이 유배지 강진康津에서 《탐진악부耽津樂府》를 지은 것에서 적지 않은 계발啓發을 받았던 듯하다. 낙하생은 자신이 적거謫居하는 김해를 중심으로 하여 경상도 지역으로 범위를 넓혀 가며 역대 인물과 사적들을 시로써 형상화하여 《영남악부嶺南樂府》를 완성하였다. 이 악부시집은 신라와 고려 때의 인물과 사적을 주 내용으로 하는 바, 신라 유리왕 때의 〈계금합啓金盒〉으로부터 고려말·조선초의 〈만어석萬魚石〉에 이르기까지 모두 68개 조목으로 편성되어 있다. 요컨대 궁벽한 유배지에서 유가적 비판의식을 지닌 시인이 국토의 옛 역사와 인물들을 악부체의 시로 새롭게 해석한 작품인 것이다.

이번 출간을 준비하면서 고전문학연구회 회원 각자가 교감과 역주에 나름의 정성을 쏟았지만, 벽사碧史 선생님의 깊은 학문과 지식에 힘을 입지 않았더라면 이 책은 지금과 같은 온전한 모양을 갖추지 못했을 것이다. 특히 신라·고려의 역사적 사실을 세밀하게 변석辨析할 경우나 짧은 시구詩句에 얽혀 있는 전고典故를 해석할 때, 우리는 선생님의 일침견혈一針見血의 지적을 통해 매번 난제가 해결되는 기쁨을 누릴 수 있었다. 한결같은 선생님의 가르침에 고개가 절로 수그려진다.

이 《영남악부》의 체재 역시 선생님의 계도에 의해 새롭게 편성되었다. 현재 유일본으로 전하는 규장각본은 낙하생이 인수옥因樹屋이라는 유배지의 불안정한 거처에서 수득수록隨得隨錄의 형식으로 기록해 둔 것이어서, 시대별 순서가 도치되거나 전사과정에서 적지않은 오탈자를 포함하게 되었다. 벽사 선생님은 이를 시대 순으로 정연하게 다시 바로 잡고, 《유배지에서 역사를 노래하다》라는 새 이름을 붙이게 하셨다. 우리는 또한 번역 초고를 검토하면서 《삼국사기》《삼국유사》《고려사》《동국여지승람》 등의 문헌과 일일이 대조하여 전사 과정에서 생긴 저본의 미비한 점을 세밀하게 교감함으로써, 낙하생의 악부시를 오늘날의 독자가 보다 올바르게 접근할 수 있도록 하였다.

2010년 10월, 실시학사는 기존의 연구모임 성격에서 재단법인으로 새롭게 출범함으로써 그 위상에 적지않은 변화가 있었다. 그럼에도 불구하고 앞으로 우리 고전문학연구회의 행보는 크게 달라지지 않을 것이다. 20년을 지속해 온 강독회의 내적 규율에 따라, 고전 문헌을 차근차근 번역해 가는 것이 우리의 사명이라 자임하기 때문이다.

끝으로 상세한 해제를 작성한 손혜리 회원과 책의 간행을 위해 힘을 기울여 준 성균관대출판부에 감사의 뜻을 전한다.

2011년 6월
한영규

●차례

영남악부 嶺南樂府

부록

유배지에서 역사를 노래하다

《낙하생洛下生 이학규李學逵의 영남악부嶺南樂府》

손혜리 성균관대 대동문화연구원 책임연구원

1. 머리말

악부樂府는 원래 한漢나라 무제武帝가 세웠던 관청의 이름으로, 민간의 가요를 수집 정리하여 각 지역의 민풍民風을 살피고 교화의 방향을 정립하는 데 활용하고자 설립되었다. 따라서 악부시는 고대의 민가民歌에 근원을 둔 것으로, 한대漢代 이후 각종 민가와 민풍토속民風土俗을 작품 속에 집중적으로 구현한 가사 우선의 노랫말이다. 그러므로, 형식적인 제약에서 상대적으로 자유롭고 제재題材 또한 인간의 보편적인 정서를 두루 수용할 수 있다.

우리나라에서 악부시는 고려 후기 이제현李齊賢과 민사평閔思平이 소악부小樂府를 지으면서부터 본격적으로 등장한 이래 조선 전기를 거쳐 후기에 활발해졌다. 조선 후기에는 특히 영사악부詠史樂府가 활발하게 창작되었는데, 심광세沈光世·이익李瀷·오광운吳光運·이복휴李福休·이광사李匡師·이유원李裕元·이긍익李肯翊 등이 그 대표적인 작가들이다. 영사악부는 우리의 역사와 풍속에서 제재를 취하여 민족적인 정서를 읊었으며 역사현실에 대한 비판적인 의식을 담고 있다는 점에서 조선후기 한문학의 특징적인 한 면모를 잘 보여준다.

이학규李學逵(1770~1835)는 정조·순조 연간에 활동했던 분으로, 1801년(순조 1) 신유사옥辛酉邪獄에 연루되어 경상도 김해부에서 24년 동안 유배생활을 하는 동안 《영남악부嶺南樂府》(1808년)와 《해동악부海東樂府》(1821년)를 지었다. 《유배지에서 역사를 노래하다》는 이학규가 유배지 김해에서 1808년에 지은 악부시집인 《영남악부》를 역주한 것이다.

이학규는 성호학파星湖學派의 일원으로 역사에 관심이 많은데다[1], 특히 "역사는 독서하는 선비가 몰라서는 안 된다"고 하여 역사를 독서하는 선비의 필수지학必須之學으로 인식하였다. 이러한 역사에 대한 인식을 바탕으로, 김해를 중심으로 한 영남지역과 연관된 역사적 인물과 사건 및 민간의 풍속과 전설 등을 악부시로 지었다. 시기적으로는 신라시대부터 고려말에 이르고, 취재取材의 대상은 기이한 사적이 있는 충신·열녀, 명승名僧과 부패한 관리 등으로 매우 다양하다. 원제목이 《영남악부》이긴 하지만 신라의 삼국 통일 이후 경주가 그대로 수도가 되었고, 더욱이 후백제와 고려에 관한 사화史話도 다수를 차지하는 등 우리나라 전역의 인물과 사건을 두루 취재하였던 만큼, 영남지역에 국한되는 것이 아니다.

---

1 조선후기 국학의 발달에서 중추적 역할을 담당한 것은 실학자들이었다. 그런데 이 실학자군 증에서도 특히 역사에 관심이 높았던 이들은 근기지방의 농촌 토착적 환경 속에서 성장한 성호학파였다. 따라서 이러한 성호계의 학적 배경 하에서 성장한 이학규는 자연 역사에 관심이 높았다. 이에 대한 자세한 것은, 이우성, 〈이조후기 근기학파에 있어서의 정통론의 전개─역사 파악에 있어서 체계성과 현실성─〉, 《역사학보》 31, 1966, 174~179면 참조.

2. 이학규의 생애와 교유관계

이학규의 생애와 《영남악부》를 이해하는 데 있어, 24년 동안의 유배생활은 매우 중요한 비중을 차지하며 유배된 이유가 가문적 배경과 관련이 있는 만큼, 이에 대해서 좀 더 자세히 살펴볼 필요가 있다.

이학규李學逵(1770~1835)는 자는 성수醒叟 또는 성수惺叟 호는 낙하생洛下生이며 문의당文猗堂·인수옥因樹屋의 당호를 사용하였고, 본관은 평창平昌이다. 그의 집안은 크게 현달하지는 못했으나 문과 급제자가 이어졌고 조부 이동우李東遇가 승지를 지내는 등 명망있는 가문이었다. 그런데 부친 이응훈李應薰(1749~1770)이 갑자기 세상을 떠나게 되어 이학규는 서울의 외가인 황화방皇華坊에서 유복자로 태어났다. 10여 세 때까지 외가에서 자라며 외조부인 혜환惠寰 이용휴李用休(1708~1782)로부터 수업을 받고 학문적 기초를 닦았다.[2] 성호학파星湖學派의 학문적 풍토 속에서 성장했던바, 이러한 가학과 학문적 경향은 훗날 그의 역사인식을 이해하는 데 하나의 단초를 제공한다.

1795년(정조 19), 그의 나이 26세 되던 해 포의布衣의 신분으로 정조 임금의 명을 받고 《규장전운奎章全韻》과 《어제전서御製全書》 등 규장각 도서 편찬 사업에 참여하였으며, 정조로부터 문사文詞와 자학字學에 밝다는 칭찬을 듣는 등 문명을 떨쳤으니, 이 때가 인생의 득의한 시절이었다.

그러나 정조가 승하한 후, 1801년에 일어난 신유사옥辛酉邪獄으로 삼종숙 이승훈李承薰이 처형되고 외숙 이가환李家煥도 고문 끝에 죽었

---

2 백원철, 〈낙하생 이학규의 생애와 문학〉, 《한국한문학연구》6집, 한국한문학회, 1982, 99~103면, 111~116면 참조. 이하 이학규의 생애와 교유관계에 관련된 정보는 이 논문에서 도움받았음을 밝혀둔다.

으며, 처가쪽 친척이 되는 정약용丁若鏞 형제가 모두 구금되었다. 이학규 역시 연루되어 신문을 받았으며 별다른 혐의점이 없자 의금부에서 석방할 것을 요청하였으나, 그럼에도 불구하고 계속 갇혀 있다가 4월에 전라도 능주綾州로 유배되었다. 그 해 10월 척제戚弟 황사영黃嗣永의 백서帛書 사건으로 다시 국문을 받았으며 11월에 경상도 김해부로 이배되었다. 이후 1824년(순조 24) 4월, 장남인 이재종李在種의 소청으로 풀려나기까지 24년 동안 김해에서 유배생활을 하였다. 이 기간에《영남악부》를 비롯하여《금관죽지사金官竹枝詞》·《해동악부海東樂府》등을 남겼던 것이다.

이학구는 해배된 후 고향인 부평 소래산蘇萊山 근처에서 살았으나, 사람들의 시선은 냉담하였으며 젊어서 교유한 지인들은 대부분 세상을 떠났거나 소재를 알 수 없었다. 이에 1831년(순조 31) 충청도 충주忠州 근처로 이주하여 1835년 생을 마쳤다. 이학규는 외조부 이용휴와 외숙인 이가환 그리고 외종숙인 이삼환李森煥으로부터 학문과 문학의 지대한 영향을 받았으며, 종형인 이명규李明逵와도 긴밀하게 지냈다. 이학규에게 가장 큰 영향을 준 것은 바로 정약용丁若鏞이다. 이학규는 정약용을 척장戚長이라 부르고 존경을 표했으며 그에게서 직접적으로 문학·사상적인 영향을 받았던바,《영남악부》또한 정약용의《탐진악부耽津樂府》에 영향을 받아 지은 것임을 밝히고 있다.

3. 《영남악부》의 창작 배경과 체제

이학규가《영남악부》를 지은 이유와 배경에 대해서는 〈영남악부서嶺南樂府序〉에 잘 드러나 있다. 이를 살펴보기로 한다.

당저(當宁, 현재 임금) 무진년(1808, 순조8) 여름 나는 복통이 있어 날마다 인수옥因樹屋의 서헌西軒에 누워 있었다. 누군가 나에게 정린지鄭麟趾의 《고려사高麗史》 몇 편을 보여주었는데 종이와 먹이 헐고 이지러져 편히 읽을 수가 없었다. 문득 이리저리 뒤적이며 헤아리다가, '신우辛禑 2년 합포合浦의 군사들이 김진金鎭을 두고 소주도燒酒徒라고 불렀다'는 대목의 뜻을 겨우 이해할 수 있었는데, 나는 흔연히 크게 기뻐하며 '이것으로 악부를 지을 수 있겠다'고 여겼다. 이어 자잘한 이야기들을 찾아 풀고 주위에서 본 바에 증험하여 위로는 신라시대로부터 아래로 고려말에 이르기까지 무릇 일이 영남 지역에 관련되고 인물이 영남 고장에 속하기만 하면 그때마다 제목을 정하고 제목에 따라 시장詩章을 지었다. 시일이 점차 오래되자 편수가 자못 많아져 이를 모두 모아 '영남악부'라고 이름 지었다.   〈영남악부서〉

이학규는 무료하게 유배생활을 하던 중, 정린지鄭麟趾가 지은 《고려사高麗史》〈소주도燒酒徒〉대목을 읽다가 악부를 지을 만한 소재를 발견하였다. 1376년(우왕 2) 왜구가 합포合浦 즉 지금의 창원 일대에 침입해 큰 난리가 일어났다. 이때 합포 원수元帥 김진金鎭은 평소 주색에 빠져 지냈으며 소주를 즐겨 먹었기에, 그와 어울리는 무리들을 '소주도'라 하였다. 왜구가 침입하자, 김진은 군사들에게 나가 싸울 것을 명령하였으나 군사들은 '어찌하여 소주도로 하여금 싸우게 하지 않느냐?'고 하며 뒤로 물러나 결국 왜구에게 대패하였다. 영남 지역 특히 김해와 가까운 곳에서 일어났으며 흥미로우면서도 권계할 만한 사건이라고 하여 악부의 소재로 포착하고 기록한 것이다.

지난날 보니, 소상苕上의 정탁옹丁籜翁(丁若鏞)이 호남으로 유배간 지 육칠년에 《탐진악부耽津樂府》 수십 장章을 지었는데 그것이 서울까지 전해졌다. 벼슬아치들 중에는 혹 이를 헐뜯으며 "참으로 기이한 재주가 있구나. 기이한 재주가 있기에 상서롭지 못하니 마땅히 입에 올리지 않아야 한다."고 말하는 자도 있었다. 이를 계승하여 내가 또한 약간 편을 지었으니, 만일 다른 날에 서울로 전해진다면 벼슬아치들은 또 장차 무어라 할까? 아! 말하는 자는 죄가 없어도 듣는 자들은 좋아하기도 하고 싫어하기도 하니, 이른바 사물이 사람을 따라 귀하게도 되고 천하게도 된다는 것이다. 〈영남악부서〉

1801년(순조 1) 신유사옥이 일어나자, 정약용은 경상도 장기長鬐로 이학규는 전라도 능주綾州로 유배되었다가, 그해 겨울에 정약용은 전라도 강진康津으로 이학규는 경상도 김해로 이배되었다. 정약용은 "성수惺叟가 금관金官에 있으면서 내 시에 화답한 것이 많다. 〈강창농가江滄農歌〉 10장 같은 것은 나의 〈탐진농가耽津農家〉에 화답한 류이다."[3] 라고 하여, 이들의 관계가 유배지에서도 지속되었음을 확인할 수 있다. 즉 이학규는 정약용의 〈탐진농가〉에 화답하여 〈강창농가〉를, 《탐진악부》에 영향을 받아 《영남악부》를 창작한 것이다. 1812년(순조 12)에는 정약용의 〈전간기사田間紀事〉에 화답하여 〈기경기사己庚紀事〉를 짓기도 하였다.

이러한 교유를 통해 이학규는 정약용의 현실주의적 문학의식을 적극적으로 수용하였으며, 그 결과 유배지의 체험을 바탕으로 김해 지역의 민간 풍속과 농촌 주민들의 생활상을 형상화하였다. 나아가 유배지에서 체험한 관리들의 부정부패와 그로 인해 고통받는 민民의 현실을 역사 속 인물과 사건을 통해 적실하게 묘파하였다. 두 사람의 긴밀한

---

3 丁若鏞, 《與猶堂全書》 권5, 〈寄惺叟三十韻〉. "惺叟在金官, 和余詩甚多, 如云江滄農歌十章, 和余耽津農家之類也."

관계는 해배 후에도 지속되어, 이학규가 충주로 이주한 뒤로는 남한강의 뱃길을 이용하여 정약용을 자주 방문하였다. 이어 이학규가 《영남악부》를 지은 태도에 대해 살펴보기로 한다.

그러나 기송記誦이 미치는 바에도 고증考證은 매우 쉽지 않았다. 이 때문에 상주尙州 같이 땅이 넓은 곳이나 안동安東 같은 명유석학名儒碩學의 고장도 모두 빼버리고 기록하지 않았다. 본조本朝와 관계된 일은 사적을 상고할 수 없는 처지이니 또한 어찌 망령되고 허탄하지 않다고 할 수 있겠는가? 이에 지극히 삼가고 조심하여 하나도 다루지 않았다. 연대가 틀리거나 사실이 어긋난 것들 가운데, 혹은 사람들의 이목에 익숙한 것이라 하더라도 상세히 알 수 없다고 핑계하여 빼버리기도 하였고, 혹은 세상을 비난하고 도道를 담론하여 사람들이 싫어할 줄 알면서도 짐짓 기록하기도 하였으니, 이는 통달한 사람과 운치 있는 선비들이 허물을 보고도 마음을 헤아려주고 잘못을 알고도 뜻을 이해해주는 것에 해당된다 하겠다.　　　　　　　　　　〈영남악부서〉

이학규는 《영남악부》를 지을 때, 자잘한 이야기들을 찾아 풀고 주위에서 본 바에 증험하되, 고증을 통한 사실적 기록이 아니면 취재하지 않았음을 분명히 하였다. 때문에 사람들에게 널리 알려졌다 하더라도 연대가 틀리거나 사실과 어긋나는 것들은 취재의 대상에서 배제한 반면, 사람들이 싫어하는 것이라도 부정부패한 세상을 비판하고 도를 담론하는 것이라면 기꺼이 기록하였음을 아울러 밝혔다. 이를 통해 유배지라는 제한된 공간과 부족한 서적이나마 그 속에서 고증을 통한 객관적이고 사실적인 기록을 지향하였음을 알 수 있다.

　실제 《삼국사기三國史記》·《삼국유사三國遺事》·《고려사高麗史》·《금관군지金官郡志》·《문경현지聞慶縣志》·《개령현지開寧縣志》·《경

주부지慶州府志》·《보한집補閑集》·《동국사략東國史略》·《탁영집濯
纓集》 등의 문헌을 두루 참고하였던 바, 인용된 문헌은 역사서와 영
남지방의 읍지가 대부분이다. 그는 또 《삼국사기》·《삼국유사》·《동
국여지승람東國輿地勝覽》 등을 참고하여 고증함으로써 《영남악부》
가 황탄한 이야기가 아님을 강조하기도 하였다.[4] 이학규의 악부 창작
태도를 다시금 확인할 수 있다.

한편, 이학규는 "내가 이것을 지음은 대개 바른 체재體裁와 엄격한
성률聲律을 택한 것이 아니다. 다만 본래 사적을 서술하고 참된 마음
을 전달하는 것이 향산香山 백거이白居易와 석호石湖 범성대范成大가
했던 바와 비슷하게 되면 되는 것이다."라고 한 바 있다. 체재와 성률
등 한시의 형식적인 구속을 비교적 받지 않은 채 장단구로서 자유롭
게 표현하고, 본사本事를 서술하며 진정眞情을 전달하고자 한 것이다.
이는 악부 창작의 특징이자 작가의식의 표출이며 기록 태도이기도 한
셈이다.

《영남악부》는 해서체 필사본 1책 68편으로 서울대학교 규장각(가람
古811.05-Y56y)에 소장되어 있으며, 체제와 구성에서 두 가지 유의할
사항이 있다. 이학규는 유배지의 환경이 열악한 만큼 학문적 지식을
체계적으로 정리·기록할 만한 여건을 갖추지 못하였다. 그는 정약용
에게 보낸 편지에서, "외진 바닷가라 문사와 장서가가 없으며 비록 있
다 하더라도 글방 훈장이 선어갱鱓魚羹을 접하고 토원책兔園冊을 가
르치는 것에 불과할 뿐입니다."[5]라고 하였다. 또, "이 고장에는 서책

---

4 李學逵, 《洛下生集》 책10, 〈與〉. "此呈嶺南樂府一冊, 或有近取於邨塾中流來舊說者,
顧不爲如足下具眼者所指笑乎. 望於金富軾三國史及大東遺事, 輿地勝覽諸書, 一番攷
校, 可知僕或不至於大鹵莽也."

5 李學逵, 《洛下生集》 책15, 〈答丁參議若鏞書〉. "海陬絶無文士及貯書家, 縱有之, 不過
冬烘夫子領受鱓魚羹教授兔園冊者耳."

18

이 없어 구우瞿佑의 《전등신화剪燈新話》를 항상 책상 위에 둘 정도이
며 나관중羅貫仲의 《삼국연의三國演義》를 베개 속의 비장秘藏으로 여
깁니다……때때로 비각秘閣에 가득 쌓인 장서와 명가名家의 서가에
꽂힌 책자들을 생각할 때마다 하늘과 땅만큼 아득하여 오직 스스로
크게 탄식할 뿐입니다.”[6]라고 하여, 외진 지역이라 읽을 만한 서적이
없는 고충을 토로하였다.

　상황이 이러하다 보니, 이학규 자신은 문헌고증을 통한 사실에 근거
한 기록을 지향하였지만, 《영남악부》에는 종종 오류나 오탈자誤脫字
가 보인다. 이는 이학규의 과오라기 보단 서적의 부족과 그로 인한 기
억에의 의존 및 전사과정에서의 오류 등 부득이한 상황에 기인한 바
크다. 이에 이 책에서는 《삼국사기》・《고려사》・《동국여지승람》 등
의 문헌을 참조하여 오류나 오탈자를 문맥에 맞도록 교감하였다. 또
하나는, 참고할 문헌이 절대적으로 부족한 상태에서 생각나는 대로 기
록한 즉 수득수록隨得隨錄한 것인 만큼, 저본의 작품 배열 순서는 역사
연대와 일치하지 않는다. 이리하여 우리는 이 책을 내면서 독자들의
편의를 위하여 원문을 역사 연대 순으로 재배치하여 수록하였음을 아
울러 일러두는 바이다.

6　李學逵, 《洛下生集》 책10, 〈答〉. “此鄕苦無書籍, 以瞿存齋剪燈新話, 爲几上尊閣, 羅
　貫仲三國演義, 爲枕中秘藏.……時時想到秘閣充棟之藏, 名家挿架之玩, 邈若天淵, 惟自
　浩歎而已.”

4. 역사 서술에 드러난 현실주의적 의식

1) 부정부패한 관리들에 대한 비판

《영남악부》에는 신라 귀국 후 최치원崔致遠의 답답한 심경을 추술追述한 〈상서장上書莊〉· 이제현李齊賢의 뛰어난 문학적 역량을 기린 〈이익저李益齋〉· 원元에서 목화씨를 가져온 문익점文益漸과 이를 응용한 정천익鄭天益의 사적을 그린 〈문공면文公棉〉· 선산善山 출신인 길재吉再의 절의를 높이 평가한 〈길재야吉再爺〉· 고려에 대한 충절을 지킨 길주金澍와 정몽주鄭夢周의 사적을 읊은 〈김농암金籠巖〉과 〈정시중鄭侍中〉· 우리나라에 유학을 도입한 안유安裕와 그의 사적을 기록한 〈안회헌安晦軒〉· 임금에게 충언으로 간하다 물러난 이조년李兆年을 읊은 〈이문학李文學〉 등 실로 다양한 역사적 인물과 사적이 수록되어 있다.

그런데 이학규가 유배생활을 하던 19세기 초는 조선왕조의 붕괴를 재촉하는 말기적 현상들이 도처에서 포착되었다. 세도정치의 등장으로 국정은 어지러웠고 지방에서는 수령과 아전, 토호들의 착취가 날로 심해져 삼정三政이 문란하였으며 그에 따라 민民의 생활도 도탄에 빠졌다. 이학규는 이러한 시대적 배경 아래 24년 동안 유배 생활을 하였다. 그는 이를 계기로 비참한 양반으로 전락하였으며, 그의 집안 또한 정치적·경제적인 고통을 겪게 되었다. 이러한 몰락은 봉건 지배계급 내부의 심각한 모순과 갈등이 고질화되게 됨에 따라 소수 문벌귀족이 정치권력을 독점하였기 때문이다. 그 속에서 억울하게 유배 생활을 했던 이학규는 유배지의 체험에 기초하여 당대 사회 현실의 구조적 병폐에 대한 비판적 안목을 가질 수 있었다.[7] 이러한 의식을 바탕으로 이학규는 부정부패한 관리들을 포착하고 기록하며 비판한 것이다.

〈소주도燒酒徒〉는 고려 말 민생을 돌보지 않고 술에 빠진 합포合浦

원수 김진金鎭의 행위를 비판하고, 군사들이 출정 명령을 거절함으로써 부패한 권력자를 직접 응징한 것이 흥미로운 작품이다.《영남악부》의 창작 배경이 된 시이기도 하다.

〈혁작령嚇鵲令〉은 까치를 쫓아내는 수령이란 뜻으로, 경상도 안렴권농사按廉勸農使 주인원朱印遠을 비판한 시이다. 주인원은 까치 소리 듣기를 싫어하여 늘 백성들에게 까치를 쫓아내도록 시켰다. 심지어 까치 소리가 들릴 때마다 백성들에게서 은병銀瓶을 징수하니, 민民의 육체적·경제적인 고통은 이루 말할 수 없는 지경이었다. "까치 쫓으라는 명을 들을 바엔 차라리 7년 동안 병을 앓고, 한 개의 은병을 바칠 바엔 차라리 다섯 개의 동견銅絹을 내놓겠다"는 구절을 통해, 고통으로 절규하는 민의 목소리가 생생하게 들려온다. 더욱이 주인원의 아버지인 주열朱悅은 강직하고 청렴한 인물로, 주열에겐 아들이 없다고 하여 주인원의 존재를 배제함으로써 탐욕스럽고 간사한 주인원을 강하게 비판하였다. 〈황마포黃麻布〉에서도 주인원의 탐욕스러움을 거듭 비판한 바 있다.

〈철문어鐵文魚〉는 고려 말 계림부윤鷄林府尹 배원룡裵元龍을 가리킨다. 그가 백성들을 수탈할 때 쇠스랑[鐵杷]까지 모두 수거하자, 이에 백성들은 철문어鐵文魚가 쇠스랑의 형태와 비슷하다 하여 배원룡을 '철문어鐵文魚 부윤府尹'이라고 불렀다. 시의 전편全篇에서 백성의 고혈을 짜내는 배원룡의 부정부패함이 잘 형상화되어 있다. 특히 마지막 두 구의 "계림엔 이제 쇠붙이가 없으니 활을 당겨 수문어라도 쏠 수밖에"라는 말을 통해, 극에 달한 백성들의 분노를 여실히 보여준다.

---

7 정우봉, 〈이학규의 문학론 연구〉,《한국한문학연구》12집, 한국한문학회, 1989, 377면 참조.

이처럼 이학규는 탐욕스럽고 간사한 역사 속 인물인 김진金鎭·주인원朱印遠·배원룡裵元龍의 부정부패와 이로 인해 고통받는 민의 모습을 역사적 사실에 근거하여 문학적으로 생동감있게 묘사하였다. 역사적 사실을 통해 부정부패한 관리들을 비판함과 동시에 그들로 인해 고통받는 민을 외면하지 않고 그들의 목소리를 대신 전달한 만큼, 현실주의적인 의식을 지녔다고 평가하기에 충분하다. 이학규는 본사本事를 서술하고 진정眞情을 표출함에 직유와 은유를 통한 풍자를 즐겨 사용하였다. 위에 제시한 세 작품은 모두 이러한 수법이 적용되었다. 특히 쇠스랑의 형태와 비슷한 철문어를 통해 마치 쇠스랑처럼 백성들을 수탈한 배원룡의 탐욕스러움을 은유법을 활용하여 잘 풍자하였다. 한 시대의 말기적 현상을 비판하는 수단으로 풍자가 즐겨 사용되었던 만큼, 이학규가 풍자적 수법을 사용한 것은 그 자신의 현실파악과 비판 의식에 기인한 것이다.

2) 민풍토속民風土俗의 적극적 취재取材

이 책에는 영남 지역의 민풍民風과 토속土俗 및 전설과 민담·고사故事 등을 잘 보여주는 흥미로운 시가 많다. 이를 간략하게 소개하면 다음과 같다.

먼저 유가적인 사관에 바탕하여 불교 의식을 비판한 〈팔관회八關會〉·불교를 우리나라에 최초로 들여온 인물을 비판한 〈묵호자墨胡子〉가 있다. 또 민족의 고유어인 타마귀打馬鬼(까마귀)를 써 지역의 풍속을 읊은 〈영동신靈童神〉·김해의 금琴타는 기녀 옥섬섬과 전녹생田祿生의 인연을 읊은 〈옥섬섬玉纖纖〉·신라 소지왕炤智王의 사금갑射琴匣 고사를 인용하여 동경東京(경주)의 풍속인 약반藥飯을 소개한 〈달도가怛忉歌〉·바다 위에 떠있는 작은 산의 대나무로 만들어 외적과 질병을 물리친다는 〈만파식적萬波息笛〉·견훤의 기이한 탄생설화를 그린 〈구인랑蚯蚓郎〉·동경의 꼬리 짧은 개와 북계北髻 풍속에 대한 〈동경구東京狗〉·감문국甘文國 장부인의 아름다운 의용을 읊은 〈장부인鼙夫人〉·선산善山의 여자 향랑香娘의 원가怨歌인 〈산유화山有花〉·종실宗室 욱郁과 왕비의 사통으로 인한 몰락을 그린 〈능화봉陵華峯〉·나라와 백성을 보호하기 위해 신라에 항복한 금관국왕金官國王 김구해金仇亥의 어짊을 기린 〈구형왕仇衡王〉 등이 있다.

이학규가 처음으로 발굴한 소재도 있는데, 〈철문어鐵文魚〉·〈구형왕仇衡王〉·〈장부인鼙夫人〉·〈효불효孝不孝〉·〈양부시兩釜屍〉 등의 작품이 그러하다. 역사 속에서 잘 알려지지 않았지만 흥미롭고 의미있는 사화를 새롭게 발굴한 것이다.

이 중 〈효불효孝不孝〉는 아들 일곱을 둔 과부 이야기다. 신라 말 아들 일곱을 둔 과부가 있었는데, 사통私通하는 남자가 물의 남쪽에 살아 밤이 되면 아들들이 잠든 것을 살피고 나서 왕래하곤 하였다. 일곱 아들은 "어머니가 밤길에 물을 건너다니시니 아들로서 마음이 편할 수 있겠느냐?"라 하고, 돌다리를 만들어 어머니가 밤길을 왕래하는 데 편하게 하였다. 과부는 이를 부끄러워하여 마침내 행실을 고쳤다고 한다. 당시 사람들이 이 다리를 '효불효孝不孝'라 이름하였고, 경주부 동쪽 6리에 있다고 전해진다. 효불효가 경주부에 실제로 있었던 사실을 전하여 역사적 사실에 근원한 흥미로운 이야기를 취재하고 악부시로 지은 것이다. 과부의 단정치 못한 행실과 일곱 아들의 효를 대비시켜 서술함으로써, 일곱 아들의 효를 특기하고 과부의 부정한 행실을 비판하여 세상에 권계하고자 하였다.

〈산유화山有花〉는 당대에 널리 알려진 민간의 가요를 취재하여 기록한 것으로, 이는 본래 선산善山의 시골 여자인 향랑香娘의 원가怨歌이다. 향랑은 남편에게 버림받고 친정집으로 돌아왔으나 부모는 생존해 있지 않고 그 숙부가 개가시키려고 하자 스스로 낙동강에 몸을 던져 죽었다. 소재 자체가 매우 흥미로운 만큼, 최성대崔成大(1691~1761)와 신유한申維翰(1681~1752)을 비롯한 당대의 문사들은 이 이야기를 전이나 기사 및 서사한시 등으로 서술한 바 있다. 영남 지역에 전해 내려오는 민간 가요를 적극 취재하여 기록함으로써 생동하는 기층 민民의 생활상을 잘 보여줌과 동시에 애상哀傷한 정조가 잘 표출되어 이학규의 문학적 역량을 가늠할 수 있기도 하다.

일러두기

1. 이 책은 조선 후기 지식인이자 시인인 이학규(1770~1835)가 쓴 《영남악부嶺南樂府》 전문을 한글로 옮긴 것이다.
2. 《영남악부》는 이학규가 유배 당시 기록한 것으로, 유배지라는 열악한 환경과 참고할 만한 서적이 없는 상태에서 수득수록隨得隨錄한 것인 만큼, 저본이 시간 순으로 배열되어 있지 않으며 종종 오탈자가 보인다. 이에 이 책에서는 저본을 역사연대 순으로 재배치하고, 오탈자를 교감하여 각주에 부기하였다.
3. 이 책에서는 저본에 표기된 글자(간체자와 이체자 등을 포함)를 그대로 수록하였으며, 독자의 이해를 돕기 위해 필요한 경우 각주에 정자를 표기해 두었다.
4. 한자 원문은 글의 맨 뒤에 함께 모아 실었다.
5. 원본에는 없는 것이지만, 각 글이 시작될 때마다 子, 人, 名, 言, 原 자를 형상화한 전각을 새겨 본문 머리에 놓았다. 각각 '인물 탄생' '위인 일화' '사물·지명의 유래' '이야기' '생활·풍습의 기원' 등을 의미하는 것으로 글의 핵심적인 내용을 함축한다.

영남악부
嶺南樂府

영남악부서 嶺南樂府序

　《서경書經》에서 "시詩는 뜻을 말하는 것이고[言志], 가歌는 말을 길게 하는 것이며[永言], 성聲은 길게 늘어짐에 의하고[依永], 율律은 성聲을 조화롭게 하는 것[和聲]이다."라고 하였으니[1] 이것이 악부樂府가 생겨나게 된 까닭이다. 삼대三代[2] 때에는 비록 필부필부匹夫匹婦들이 길에서 읊조리고 골목에서 부르는 노래라도 방중房中[3]에서 쓰고 정현庭縣[4]에 전해질 수 있었다. 그렇지만 삼대 이후로는 악樂이 망하게 되고 시가詩歌가 점차 번성하게 되었으니, 사시四始[5]가 지어지매 비로소 팔음八音[6]과 서로 의지해 소리를 내지 않게 되었다.

　그러나 일찍이 한위漢魏 시대를 두루 상고해보니, 교사가郊祀歌[7],

---

1 《서경書經》에서 … 하였으니 : 이는 《상서尙書》, 〈순전舜典〉에 나오는 내용으로, 순舜이 신하 기夔를 전악典樂에 임명하면서 내린 훈계의 일부이다.

2 삼대三代 : 고대 중국의 국가인 하夏·은殷·주周를 가리킨다.

3 방중房中 : 이 경우의 '방중'은 후비들이 거처하는 곳을 뜻함.

4 정현庭縣 : 지방의 관청을 가리키는 말.

5 사시四始 : 《시경詩經》을 구성하는 '풍風', '소아小雅', '대아大雅', '송頌'의 네 가지 체제를 말함.

6 팔음八音 : 금金, 석石, 사絲, 죽竹, 포匏, 토土, 혁革, 목木 등 여덟 가지 악기를 만드는 재료. 악기 일반을 통칭하는 말로 쓰였다.

요취곡鐃吹曲[8], 자건子建의 화각롱畫角弄[9], 문희文姬의 호가박胡笳拍[10]
같은 노래는 가사가 옛스럽고 뜻이 은미하며 음률은 맑고 밝으면서도
억양이 있어 오히려 박무안엽搏拊按擪[11]의 사이에 둘 수 있었다. 그런
데 당唐의 백거이白居易와 송宋의 범성대范成大[12]와 같은 이에 이르러
서는 성률에 구애받지 않고 곧바로 그 뜻을 말하고 그 일을 서술하였
으니 악부라 일컬은 것은 말만 그러할 뿐이었다. 명나라의 이동양李東
陽은 《서애악부西涯樂府》를 저술하여 별도로 하나의 집集으로 엮어
전고前古의 작품을 모의하여 힘써 평솔平率함을 버렸으니 또한 '시는
본래 뜻을 말하는 것'이라는 취지를 알지 못한 것이다.[13]

당저當宁(현재 임금) 무진년(1808, 순조8) 여름 나는 복통이 있어 날마
다 인수옥因樹屋[14]의 서헌西軒에 누워 있었다. 누군가 나에게 정린지
鄭麟趾의 《고려사高麗史》 몇 편을 보여주었는데 종이와 먹이 헐고 이
지러져 편히 읽을 수가 없었다. 문득 이리저리 뒤적이며 헤아리다가,

---

7 교사가郊祀歌 : 천지天地에 제사지낼 때 사용한 가악歌樂.

8 요취곡鐃吹曲 : 군대에서 연주한 가악.

9 화각롱畫角弄 : 조조曹操의 아들 조식曹植(子建)이 지었다고 전해지는 악부. 군주의 창
   업과 군신관계에 대한 노래.

10 호가박胡笳拍 : 채옹蔡邕의 딸인 채염蔡琰(文姬)이 흉노匈奴의 포로가 되어 호중胡中에
   서 12년 동안 살다가 조조曹操의 구원을 받고 중국에 돌아와 자신의 기구한 신세를
   한탄한 악부.

11 박무안엽搏拊按擪 : 각종 악기를 치고 어루만지고 누르는 모습을 형용한 말.

12 당唐의 … 범성대范成大 : 백거이는 〈신악부新樂府〉를 지었고, 범성대는 〈납월촌전악
   부臘月村田樂府〉를 지었다. 백거이의 〈신악부〉는 당대의 사회 상황을 노래하였으며,
   범성대의 〈납월촌전악부〉는 농촌생활을 노래한 것인데, 모두 후대 악부에 큰 영향을
   끼쳤다.

13 이동양李東陽은 … 것이다 : 이동양은 명나라 '의고주의擬古主義' 문풍의 선성先聲을
   이룬 인물이다. '서애西涯'는 그의 호이며, 《서애악부》는 그의 악부작품인데 우리나
   라에서도 널리 읽혔다.

14 인수옥因樹屋 : 본래 '인수옥'은 나무에 기대어 얽어놓은 집으로 궁한 선비의 멋으로
   하는 말. 이학규가 김해에 귀양갔을 때 당호堂號로 썼다.

'신우辛禑 2년 합포合浦의 군사들이 김진金鎭을 두고 소주도燒酒徒라고 불렀다'[15]는 대목의 뜻을 겨우 이해할 수 있었는데 나는 흔연히 크게 기뻐하며 '이것으로 악부를 지을 수 있겠다'고 여겼다. 이어 자잘한 이야기들을 찾아 풀고 주위에서 본 바에 증험하여 위로는 신라시대로부터 아래로 고려말에 이르기까지 무릇 일이 영남 지역에 관련되고 인물이 영남 고장에 속하기만 하면 그때마다 제목을 정하고 제목에 따라 시장詩章을 지었다. 시일이 점차 오래되자 편수가 자못 많아져 이를 모두 모아 《영남악부》라고 이름 지었다.

그러나 기송記誦이 미치는 바에 고증考證은 매우 쉽지 않았다. 이 때문에 상주尙州 같이 땅이 넓은 곳이나 안동安東 같은 명유석학名儒碩學의 고장도 모두 빼버리고 기록하지 않았다. 본조本朝(조선)와 관계된 일은 사적을 상고할 수 없는 처지이니 또한 어찌 그것이 망령되고 허탄하지 않다고 할 수 있겠는가? 이에 지극히 삼가고 조심하여 하나도 다루지 않았다. 연대年代가 틀리거나 사실事實이 어긋난 것들 가운데, 혹은 사람들의 이목耳目에 익숙한 것이라 하더라도 상세히 알 수 없다고 핑계하여 빼버리기도 하였고, 혹은 세상을 비난하고 도道를 담론하여 사람들이 싫어할 줄 알면서도 짐짓 기록하기도 하였으니, 이는 통달한 사람과 운치 있는 선비들이 허물을 보고도 마음을 헤아려주고, 잘못을 알고도 뜻을 이해해 주는 것에 해당된다 하겠다.

지난날에 보니, 소상苕上[16]의 정탁옹丁籜翁(丁若鏞)이 호남으로 유배간지 육칠년에 《탐진악부耽津樂府》 수십 장章을 지었는데 그것이 서울까지 전해졌다. 벼슬아치들 중에는 혹 이를 헐뜯으며 "참으로 기이한 재주가 있구나. 기이한 재주가 있기에 상서롭지 못하니, 마땅히

---

15 신우辛禑 2년 … 불렀다 : 자세한 내용은 본서의 '소주도' 참조.
16 소상苕上 : 경기도 양수리의 '소내'를 가리킴. 다산 정약용의 본가가 있는 곳이다.

입에 올리지 않아야 한다.”고 말하는 자도 있었다. 이를 계승하여 내가 또한 약간 편을 지었으니, 만일 다른 날에 서울로 전해진다면 벼슬아치들은 또 장차 무어라 할까? 아! 말하는 자는 죄가 없어도 듣는 자들은 좋아하기도 하고 싫어하기도 하니 이른바 사물이 사람을 따라 귀하게도 되고 천하게도 된다는 것이다.

내가 이것을 지음은 대개 바른 체재體裁와 엄격한 성률聲律을 택한 것이 아니다. 다만 본래 사적을 서술하고 참된 마음을 전달하여 향산香山 백거이白居易와 석호石湖 범성대范成大가 했던 바와 비슷하게 되면 되는 것이다. 또다시 생황과 종소리의 절주에 어울리고 고운 베와 수놓은 비단의 문채와 나란히 하여 높은 벼슬의 여러 군자들의 반열에 아첨하기를 바랄 일이 있겠는가?

금합을 열어보다 啓金盒

후한後漢 광무光武 건무建武 18년(42) 춘 3월에 가락[지금의 김해부]의 9간干인 아도我刀·여도汝刀·피도彼刀·오도五刀·유수留水·유천留天·신천神天·오천五天·신귀神鬼 등이 물가에 모여 계음禊飮[1]을 하다가 구지봉龜旨峯을 바라보았는데 신이한 기운이 있어 가서 살펴보니, 자색 끈에 금합이 묶여 내려와 있었다. 합을 열어 보니, 금빛 여섯 알이 있어 둥글기가 해 바퀴와 같았다. 받들어 아도의 집에 두고 다음날 아홉 사람이 모두 모여 다시 합을 열어 보니, 여섯 알의 껍질이 갈라지고 여섯 동자가 되어 나왔는데 나이는 열다섯 살 정도 되어 보이고 용모가 매우 훌륭하여 사람들이 모두 절하고 축하하였다. 동자들은 나날이 자라나서 10여 일이 지나자 신장이 9척이 되었다. 모두가 드디어 한 사람을 받들어

---

1 계음禊飮 : 옛날의 풍속에 3월 3일에 동류수東流水 가에 모여서 불상不祥한 것을 제거하며 술을 마시고 놀았는데, 이것을 계음禊飮이라 한다.

구지봉_경상남도 김해시 구산동에 있으며, 사적 제429호로 지정되어 있다.

왕으로 삼으니, 이가 곧 수로왕首露王이다. 금합에서 태어났으므로 성을 김이라 하고 국호를 가야라 하였으니, 신라 유리왕 18년의 일이다.[2] 나머지 다섯 사람은 각자 돌아가 다섯 가야의 임금이 되었으니, 고령高靈은 대가야大伽倻, 고성固城은 소가야小伽倻, 성주星州는 벽진가야碧珍伽倻, 함안咸安은 아나가야阿那伽倻, 함창咸昌은 고령가야古寧伽倻이다. 김부식金富軾의 《삼국사기》〈김유신전〉을 보면 "수로왕은 어떤 사람인지 알 수 없는데 후한 건무 18년 임인에 구지봉에 올라 가락의 아홉 촌락을 바라보고 드디어 그 땅으로 와서 나라를 열고 국호를 가야伽倻라 했다가 후에 금관국金官國이라 고쳤다."라고 하였다.

아도는 노래하고	我刀我謌,
여도는 너울너울 춤추네.	汝刀徙徙.
시절은 바람이 온화하여	時維風和,
씻은 듯 취한 듯	如沐如酡.
구산 언덕에	龜山之阿,
자기도 하고 움직이기도 하다가.[3]	或寢或訛.
이에 내 꿈을 점쳐보니	逝占我夢,
길몽이 어떠하였나.[4]	吉夢維何.
오늘 얻은 이 알은	今日之獲,

---

2 신라 … 일이다 : 건무 18년(42)은 유리왕 19년이니, 18년이라 한 것은 작자의 착오로 보인다.

3 자기도 … 하다가 : 이는 《시경詩經》, 〈무양無羊〉편에, "혹은 언덕에서 내려오며 혹은 못에서 물을 마시며 혹은 자고 혹은 움직이도다[或降于阿, 或飮于池, 或寢或訛]."라는 구절을 인용한 것으로, 이 시는 주 선왕宣王이 가축을 잘 기른 일을 읊은 것이다.

4 이에 … 어떠하였나 : 이는 《시경詩經》, 〈사간斯干〉편에, "잠을 자고 일어나서 내 꿈을 점쳐보니 길몽은 무엇인가[乃寢乃興, 乃占我夢, 吉夢維何]."라는 구절을 인용한 것으로, 이 시는 주 선왕宣王이 궁실을 이룬 일을 읊은 것이다.

굻지도 않고 깨지지도 않아	弗皺弗殈.
모두 웃으며 보니	羣笑秋秋,
합에는 뚜껑이 덮여 있었네.	維盒有冪.
금궤에서 나와 김씨라 하고	謂櫝爲金,
알에서 태어나 석씨라 하니[5]	謂卵爲昔.
신라의 왕	徐羅之辟,
이로써 여러 무리의 힘 굴복시켰네.	以屈羣力.

---

5 알에서 … 하니 : 이는 석탈해昔脫解 설화를 말한 것이다. 《삼국사기》에 의하면 석탈해
가 알에서 태어나 독櫝 속에 담겨 가야국 바다로 떠내려 올 때에 한 마리의 까치가
따라오면서 울었으므로 까치 작鵲 자의 석昔 자를 따서 성姓을 삼고, 독에서 풀려났으
므로 이름을 탈해라 하였다고 한다.

기출변 旗出邊

후한後漢 건무建武 24년(48) 가을 7월에 가락駕洛 왕후 허황옥許黃玉이 아유타국阿楡陁國으로부터 바다를 건너 이르렀다.[1] 수로首露가 유천간留天干에게 명하여 망산望山에서 바라보게 하고, 신귀간神鬼干에게 명하여 상현桑峴에서 바라보게 하였다. 붉은 돛과 꼭두서니 빛 깃발이 서남西南 쪽에서부터 북쪽을 가리키며 이르자, 유천간 등이 급히 말을 달려 아뢰었다. 왕이 이에 궁 서쪽에 만전幔殿을 설치하고 맞이하였다. 나라 사람들이 처음에 와서 배를 매어 놓았던 곳을 주포主浦라 부르고, 비단 바지를 벗고 산신령에게 예물을 바친 곳을 능현綾峴이라 하며, 꼭두서니 빛 깃발이 들어온 바닷가를 기출변旗出邊이라 하였다.

---

1 후한後漢 … 이르렀다 : 허황옥의 출신지 아유타국阿楡陁國은 김병모, 〈駕洛國 許黃玉의 出自〉, 《三佛金元龍教授停年退任記念論叢》Ⅰ, 一志社, 1987에서 인도 남동부 아요디아(Ayodhia) 시라고 비정하였다.

수로왕비(허황옥)릉_경상남도 김해시 구산동에 있으며, 사적 제74호로 지정되어 있다. 능 앞의 비석에 '가락국수로왕비 보주태후허씨릉(駕洛國首露王妃 普州太后許氏陵)'이라는 글씨가 새겨져 있다.

비단으로 수놓은 고운 바지 어느 때 보았나?	繡襦綾袴幾時看,
선궁仙宮의 만전幔殿 은하수에 닿을 듯 높구나.	瑤宮幔殿高接漢.
상현桑峴에 지는 해 황금 술잔 같은데	桑峴落日如金杯,
깃발이 번쩍 번쩍하며 해구海口를 돌아오네.	旗閃旗閃海門廻.

진풍탑 鎭風塔

파사석탑婆娑石塔은 김해부金海府 동쪽 호계虎溪 가에 있다. 모두 5층이며 그 색이 붉은 얼룩무늬이고 조각이 매우 기이하다. 세상에 전하기로는 가락駕洛 보주태후普州太后(許黃玉)가 서역西域에서 올 때 배 안에 이것을 실어서 풍랑風浪을 진압했다고 한다.

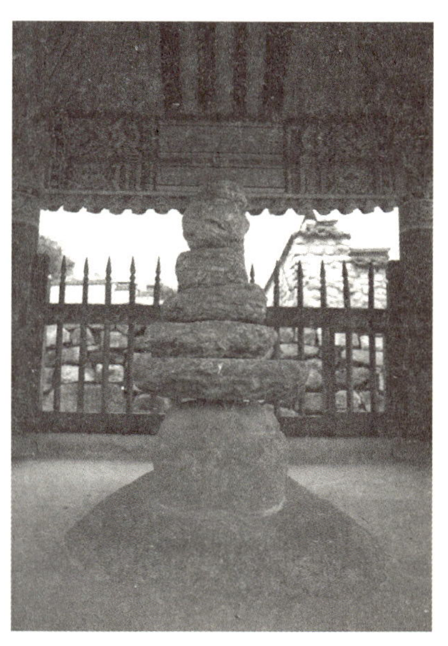

진풍탑(파사석탑)_경상남도 김해시 구산동에 있으며, 경남문화재자료 제227호로 지정되어 있다.

만전幡殿에 사람이 처음 왔을 때 　　幡殿人初飯,
누선樓船의 석탑 꿈쩍도 안 했네. 　　樓船石不轉.
묻노니 파사석탑 싣고 옴이 　　爲問婆娑裝,
울림鬱林의 편석片石과 어떠한가?[1] 　　何如鬱林片.

---

1 파사석탑 … 어떠한가: 울림鬱林의 편석片石이란 울림석鬱林石을 말한다. 육적陸績이
　울림 태수를 맡고 있다가 그만두고 배를 타고 고향으로 돌아올 때, 실은 것이 거의 없
　어 배가 너무 가벼운 나머지 바다를 건널 수조차 없자 배의 무게를 맞추기 위해 울림
　의 돌을 싣고 온 고사故事가 있다. 허황옥이 배에 석탑을 실음으로써 풍랑을 극복하고
　올 수 있었다는 것을 육적의 고사에 견준 것이다.

회소가 會蘇歌

유리왕儒理王 때에 중앙을 6부部로 나누고 왕녀王女 두 사람으로 하여금 부내部內의 여인들을 통솔하여, 7월 16일로부터 매일 아침 큰 부부의 마당에 모여 길쌈한 것을 쌓아놓고 이경二更이 되어야 그치게 하였다. 8월 보름에 이르러 그 일한 것의 많고 적음을 판가름하고 진 편이 술과 음식을 마련하여 이긴 편을 대접하였다. 이 자리에 노래와 춤과 온갖 놀이가 모두 벌어졌는데, 이를 가배嘉俳라고 하였다. 이 때 진 편의 한 여자가 일어나 춤을 추며 탄식하기를 "회소會蘇 회소會蘇!"라고 하였다. 그 소리가 슬프면서도 우아하였다. 후대 사람들이 그 소리에 따라 노래를 짓고 이름을 회소곡會蘇曲이라 하였다. 또 요즘 사람은 8월 15일을 '가위[嘉쌌]'라고 말하는데, 가위란 곧 가배를 일컫는 말이다.

회소, 회소!	會蘇復會蘇,
여인들 모두 소리를 지르네.	大家都嗚嗚.

음식 차릴 수고로움 때문이 아니라 　　不爲具饍勞,

다만 길쌈한 것 적음이 한스럽네. 　　但恨績麻踈.

차리고 또 차렸도다 　　施設復施設,

이 날은 가위[嘉俳]의 절기節期. 　　是日嘉俳節.

명활산明活山[1]에 떠오른 달 쟁반인양 둥글고 　　明活山頭月如盤,

육부六部의 부녀들 빙설冰雪처럼 새하얗네. 　　六部兒女如冰雪.

너희 편은 부잣집의 우두머리 　　尒家金入頭,

우리 편은 가을 절기에 노니네. 　　我家秋節遊.

왕녀는 자리 지키며 웃음 터트리고 　　王姬壓坐哇其笑,

금환金丸 속독束毒[2] 놀이가 다투듯 이어지네. 　　金丸束毒爭輪流.

다만 여자들 부지런히 일찍 일어나 　　但令女家勤早起,

밤늦도록 길쌈해 높다랗게 쌓게 했네. 　　績麻乙夜紛委庤.

모두 와서 큰 부部 마당에 보배를 채웠는데 　　都來側塞寶大部庭,

회소, 회소! 다시 이렇게 하게 되네. 　　會蘇會蘇還是尒.

---

1 명활산明活山 : 진한辰韓의 6부 가운데 고야촌高耶村이 자리 잡았던 산이다. 6부란 알천 양산촌閼川楊山村, 돌산 고허촌突山高墟村, 무산 대수촌茂山大樹村, 취산 진지촌觜山珍支村, 금산 가리촌金山加利村, 명활산 고야촌明活山高耶村을 말한다. (《삼국사기》, 〈유리 니사금〉)

2 금환金丸 속독束毒 : 신라 때 행해지던 잡희雜戱로 일종의 가면극이다. 금환·속독 외에 월전月顚·대면大面·산예猊猊 등의 다섯 가지가 있었다. 《삼국사기》 악지樂志와 최치 원崔致遠의 시 〈향악잡영鄕樂雜詠〉에 보인다.

시림계 始林鷄

신라新羅 탈해왕脫解王[1] 9년에 왕이 밤에 금성金城 서쪽 시림始林 숲 사이에서 닭 우는 소리를 듣고서 대보포공大輔匏公을 보내어 살피게 하였더니 금색의 작은 궤가 나뭇가지에 걸려있고 흰 닭이 그 밑에서 울고 있었다. 왕이 그 궤를 가져다가 열어보니 작은 아이가 있었다. 왕이 기뻐하여 말하기를 "이는 아마도 하늘이 나에게 아들을 준 것이 아니겠는가"라 하고 거두어 길러서 이름을 알지閼智라고 하고 금독金櫝에서 나왔기 때문에 성을 김金씨로 했다. 이리하여 김씨의 시조가 되었다. 그 숲을 이름하여 '계림鷄林'이라 하고 이것으로 국호를 삼았다. 알지의 7세손 미추味鄒가 조분왕助賁王[2]의 딸에게 장가들었는데 조분왕이 아들이 없어서 미추가

---

1 탈해왕脫解王 : ?~80. 탈해이사금. 신라 4대 왕. 성은 석昔. 국호國號를 계림鷄林이라 하였다. 일본日本과는 화친和親을 맺고, 백제百濟, 가야伽倻와 자주 전쟁을 함.

2 조분왕助賁王 : ?~247. 조분이사금. 신라11대 왕. 성은 석昔. 감문국甘文國을 정벌하여

계림_경상북도 경주시 교동에 있으며, 사적 19호로 지정되어 있다.

대신하여 왕위에 올랐다. 이렇게 한 뒤부터 서로 혼인하여 모두 종성宗姓이 되었다.

닭이 울면	鷄旣鳴矣,
아침이 밝아 오는데.	朝旣平矣.
뭇 닭들이 우는 게 아니요	匪衆鷄鳴矣,
시림에서 나는 소리라네.	始林之聲.
새벽을 밝힘이 아니요	匪昕朝明矣,
금독金櫝의 밝음 때문이라네.	金櫝之晶.

군都으로 만들고 골벌국骨伐國의 항복을 받았다.

알지閼智의 후예는

대대로 이름이 있어.

왕과 왕비로

구백년을 내려왔네.

그 덕이 날마다 새로워

사경四京[4]을 망라網羅했다네.

閼智之後,

其有世名.

維王維后,

垂九百年[마奴京切][3].

其德日新,

以網羅四京.

---

3 年[마奴京切] : 年의 협음은 '녕'이다.

4 사경四京 : 신라 서울을 위시하여 가락국과 백제·고구려를 뜻하는 말인 듯함.

경성내 京城內

진례성進禮城은 김해부에서 서쪽으로 35리 되는 곳에 있다. 세상에 전해지기로는 수로首露가 한 아들을 진례성주進禮城主로 봉하고 왕궁王宮, 태자단太子壇, 첨성대瞻星臺를 설치하였다고 한다. 지금 그 터가 아직 남아 있는데, 그 곳에 사는 사람들이 '경성내京城內'라 일컫고 있다.

가소롭다, 가야국의 아들이여	可笑伽倻子,
누가 진례성주進禮城主로 봉하였나.	誰爲進禮君.
둘레가 8, 9리밖에 안 되는데	方圓八九里,
이것도 경성京城이라 한다네.	是亦京城云.

치흔왕 齒痕王

신라 남해왕南解王이 돌아가고, 유리왕儒理王이 남해왕의 유명遺命에 따라 탈해脫解에게 양위하려 하자, 탈해가 말하기를 "신기대보神器大寶[1]는 보통사람이 감당하지 못하는 바입니다. 내가 듣기론 성지聖智의 인물은 이[齒]가 많다고 하니, 떡을 씹어봅시다."라고 하였다. 유리가 치흔齒痕이 더 많아 드디어 왕위에 올랐다.[2] 이에 이사금尼斯今이라 부르고 또 이질금尼叱今이라 부르니, 이는 방언方言으로 잇금을 이르는 말이다. 후세에 이것이 군왕의 칭호가 되었다.

이사금이여	尼斯今,
백성들이 우러러 본다.	民之所瞻.

---

1 신기대보神器大寶 : 왕위를 이르는 말.
2 신라 … 올랐다 : 《삼국사기三國史記》 권1, 〈신라본기新羅本紀〉에 보인다.

당신은 오직 남해왕의 성골이니 爾惟南解之聖骨,
의당 서야벌徐耶伐을 주재 하겠도다. 而當主徐耶伐.
이리하여 백성들이 당신을 차차웅次次雄[3]이라 여겨 是以民視爾次次雄,
의당 임해궁에 자리하리로다. 而當庇于臨海宮.
떡이여, 떡이여 시치齜齒[4]를 가진 사람이여 齴哉齴哉而有人齜齒哉.
시치여! 오직 하늘이 내리심이라. 齜齒哉惟天之詒.
이사금 尼斯今,
이로써 왕의 칭호가 되었네. 是以有名言哉.

---

3 차차웅次次雄 : 《삼국유사三國遺事》 권1, 〈기이紀異〉 1에 "남해거서간은 또한 차차웅이라고도 한다. 이것은 존장을 칭하는 말인데, 오직 이 왕만을 일컫는다[南解居西干, 亦云次次雄, 是尊長之稱, 唯此王稱之]."고 하였다.

4 시치齜齒 : '齜'는 '용龍의 입에서 나오는 침'이라는 뜻이 있다. 따라서 '齜齒'는 예사롭지 않은 이빨을 이르는 말로 보인다.

영오랑 迎烏郎

신라 아달라왕阿達羅王 때 동해가에 어떤 사람이 있었는데, 남편은 '영오랑迎烏郎'이라 하고 아내는 '세오녀細烏女'라 했다. 하루는 영오가 해변에서 수초[藻]를 캐다가 홀연히 표류하여 일본국日本國의 조그만 섬에 이르러 왕이 되고, 세오녀는 남편을 찾아 그 나라에 이르러 왕비가 되었다.

이때 신라에서는 해와 달이 빛을 잃었다. 일관日官이 아뢰기를 "영오와 세오는 해와 달의 정령精靈인데, 이제 일본 땅으로 갔기 때문에 이런 괴이한 현상이 있는 것입니다."라고 하였다. 왕이 사신을 보내어 두 사람을 찾으니, 영오가 말하기를 "내가 이곳에 이른 것은 하늘의 뜻이다"하고는, 이에 세오가 짠 비단[綃]을 부쳐 보내며 이것으로 하늘에 제사를 지내라고 하였다. 사자使者가 와서 아뢰거늘 그 말대로 못 위에 제사를 지내니 해와 달이 다시 빛났다. 명命하여 비단을 어고御庫에 보관하도록 하고, 인하여 그 못을 '일월지日月池', 그 고을을 '영일迎日'[지금의 연일현延日縣]이라 불렀다.

　살피건대 고려 초에 임정臨汀을 고쳐 영일현迎日縣이라 하였으니, 그렇다면 신라 아달라왕 때에 비롯된 지명이 아니다. 또 영오에 대한 설설說은 김부식金富軾의 《삼국사기》나 권근權近의 《동국사략東國史略》에는 보이지 않고, 오직 《삼국유사》에만 보이니[1] 족히 믿을 만한 것이 못 된다.

누가 말했는가, 영오랑이	誰謂迎烏郎,
해의 빛을 없어지게 했다고.	而令日無光.
누가 말했는가, 세오녀가	誰謂細烏女,
해에 낀 어두움 도로 사라지게 했다고.	飜令日笡去.
영오는 수초 따는 남자요	迎烏採藻奴,
세오는 베를 짜는 여자일 뿐.	細烏織作姑.
머리 위로 아침저녁 뜨고 지는 해도 살피지 못할 터	當頭不識日卯卯,
생래生來로 해를 보고 지상에서 주동走動했을 뿐.	生來見日地上走.

---

1 《삼국유사》에만 보이니 : 여기 '영오랑迎烏郎' 조는 《삼국유사》, 〈기이紀異〉 '연오랑延烏郎 세오녀細烏女' 편에 보인다.

물계자 勿稽子

물계자는 계림 사람이다. 내해왕奈解王[1] 때 골포骨浦·칠포漆浦[지금 홍해군興海郡이라고도 한다]·고포古浦[지금의 경산현慶山縣이라고도 한다] 세 나라가 갈화성竭火城을 공격하거늘 왕은 군사를 이끌고 구원하여 그 군대를 크게 격파하였다. 물계자는 수십여 명의 목을 베었는데 논공論功에 이르러서는 녹용錄用되지 못하였다. 이에 그 처에게 말하였다. "신하된 도리는 나라가 위태로움을 보면 목숨을 바치고, 어려움에 임해서는 몸을 잊어야 하오. 전일 포상浦上 갈화성의 싸움이 위태롭고 어려웠다 할 수 있는데, 목숨을 바치고 몸을 잊어 사람들에게 이름이 드러나지 않았으니 이는 불충이오. 불충으로 임금을 섬기면 그 누累가 조상에까지 미치게 되니 효孝라 말할 수 있겠소? 이미 충과 효를 잃었으니 장차 무슨 면목으

---

1 내해왕奈解王 : 신라의 제10대 왕. 재위 195~230년.

로 조정에 서겠소?"

드디어 금琴을 들고 사체산師彘山으로 들어가 돌아오지 않았다.

충성을 다함은 모름지기 물계자처럼 할 것이로되	盡忠須似勿稽爲,
상賞으로 권장하려면 갈화성 싸움 때처럼 하지 마라.	懋賞毋如竭火時.
사체산에서 금琴 다룰 때	師彘山按琴日,
나라사람들 개지추介之推[2] 추억하듯 하였네.	邦人如憶介之推.

2 개지추介之推 : 개자추介子推라고도 한다. 중국 춘추시대 진晉나라의 문공文公이 망명객일 때에 개자추는 헌신적으로 문공을 섬겼으나, 문공이 제후에 오르고 나서 논공행상을할 적에 개자추를 잊고 말았다. 이에 개자추는 산에 들어가 나오지 않았다. 문공이 뉘우치고 산에서 나오게 하려고 불을 놓았으나 개자추는 끝내 나오지 않고 불에 타 죽고말았다.

초선대 招仙臺

초선대[1]는 김해부 동쪽 7리 되는 곳에 있는데 넓은 들 중에 솟은 작은 돌산이다. 가락국 거등왕居登王이 칠점산七點山의 참시선인旵始仙人을 불렀는데 참시가 배를 타고 금琴을 안고 와서 서로 더불어 즐겁게 놀았으므로 이름 붙이게 된 것이다. 왕이 앉았던 연화석蓮花石과 돌 바둑판이 지금도 남아 있다. 대의 서쪽에 커다란 바위가 서 있고 그곳에 거인상이 있는데 세속에는 그것이 거등왕의 상이라고 전해진다.

초선대에서 신선을 기다릴 적에	招仙臺遲仙時,
연화석 위로 해는 뉘엿뉘엿 넘어가네.	蓮石日晼晼.
참시공은 어찌 이리 늦게 오나	旵始公來何遲,

---

1 초선대招仙臺 : 《신증동국여지승람新增東國輿地勝覽》·《동사강목東史綱目》 등의 자료에서는 초현대招賢臺라고도 한다.

거등왕의 수심 짙어지려 하네.　　　居登王愁欲迷.
노 젓는 소리 들린다고 의식을 차리지 말며　　　橈聲至莫鑾儀,
금 소리 좋으니 조복 갖추지 마오.　　　琴聲好莫朝衣.
참시공은 어찌하여 돌아가는가　　　旵始公何旣,
거등왕이 피로한 줄도 모르고 있거늘.　　　居登王不云罷.

초선대_경상남도 김해시 안동安洞에 있다. 돌 바둑판이 있던 자리엔 지금 정자가 서 있다.

장부인 獐夫人

살피건대 《개령현지開寧縣志》에 현 서쪽 웅현리熊峴里에 감문 장부인의 무덤이 있다[1]고 한다. 감문甘文은 나라이름이다. 동사東史 신라 조분왕助賁王 2년에 감문을 쳐서 멸하였다[2]고 했는데 바로 이것이다.

감문대왕 그 처음 옛적에 　　　　　　甘文大王厥初鴻荒,
‘균麕’도 아니고 ‘광狂’[3]도 아닌 ‘장獐’을 취했네. 　非麕非狂而取于獐.

---

1 살피건대 … 있다 : 《신증동국여지승람》 권29, 〈경상도〉, ‘개령현’ 조에 "장릉은 개령현 서쪽 웅현에 있는데, 세상에서 감문국 장부인의 능이라 일컫는다[獐陵在開寧縣西熊峴, 俗稱甘文國獐夫人陵]."라고 하였다.

2 신라 … 멸하였다 : 《삼국사기》 권2, 〈신라본기新羅本紀〉에 "신라 조분 이사금 2년에 이찬인 우로를 대장군으로 삼아 감문국을 토벌하여 격파하고 그 땅을 군으로 삼았다[新羅助賁尼斯今二年, 以伊湌于老爲大將軍, 討破甘文國, 以其地爲郡]."라고 하였다.

3 광狂 : 광조狂鳥라고 하는 전설상의 새를 이르는 말.

비록 빈장嬪嬙[4]은 없었지만 맑고 어진이 있었네　雖無嬪嬙而有淑良,

비록 강원姜嫄[5]은 없었지만 여러 백성은 있었네.　雖無子姜而有庶民.

저들은 빼어났으나 망하여 오히려 넘어지고 쓰러졌는데　彼挺而亡猶可踣僵,

이 고요한 아름다움 더욱 얼마나 착한가?　此靜而美尤何其臧.

4　빈장嬪嬙 : 왕의 부인을 모시는 여성을 이르는 말.

5　강원姜嫄 : 《시경詩經》, 〈大雅·生民〉에 "처음 백성이 났을 때에 그때 오직 강원이다[厥初生民, 時維姜嫄]."라고 하였는데, 강원은 주나라를 건국한 후직后稷의 어머니이다. 《삼국유사》 권1, 〈기이紀異〉 1에 "강원이 (거인의) 발자취를 밟고 기를 낳았다[姜嫄履跡而生弃]."고 한다.

박제상 朴堤上

박제상朴堤上은 신라 시조 혁거세赫居世의 후손으로 벼슬하여 삽량주歃良州[지금의 양산군]의 간干[1]이 되었다. 전에 실성왕實聖王이 내물왕奈勿王의 아들 미사흔未斯欣을 왜에 볼모로 보냈는데 이때 미사흔의 형 복호卜好도 고구려에 볼모로 보내져 있었다. 눌지왕訥祗王이 즉위하자 변사辨士를 보내어 이들을 맞아오고자 했는데 박제상이 가기를 청하였다. 고구려로 가서 왕을 설득하여 왕자와 함께 돌아오니, 왕이 기뻐하며 "두 아우는 나의 양 팔과 같은데 지금 한쪽 팔만 얻었으니 나머지는 어찌하리오."라고 하였다. 박제상이 하직하고는 집에도 들르지 않고 왜국으로 가서 거짓으로 말하기를 "신라왕이 나의 부형을 죽여 도망쳐 왔습니다."라고 하니 왜왕이 그 말을 믿었다. 박제상이 미사흔과 함께 배를 타고 마치 유람을

---

1 간干 : 신라 때의 외위外位 11관등 중 7등에 해당하는 관등으로 지금의 수령과 같은 지위이다.

박제상 유적지 전경_울산시 울주군 두동면 만화리에 있다.

다니는 것처럼 하니, 왜인들이 의심하지 않았다. 박제상이 미사흔에게 몰래 돌아갈 것을 권하자 미사흔이 박제상과 함께 돌아가고자 하거늘 박제상이 "함께 가면 계획이 이루어지지 않을까 두렵습니다."라고 하였다. 미사흔이 떠나 이미 멀리간 뒤에 왜왕이 박제상을 잡아 묻기를 "어찌하여 왕자를 몰래 보냈는가?"라고 하자, "신은 계림의 신하라 우리 임금의 뜻을 이루어 드리려 한 것뿐이오."라고 하였다. 왜왕이 노하여 "계림의 신하라고 하면 기필코 오형五刑을 갖추리라." 하고 박제상의 다리 살갗을 벗기게 하고 갈대를 베어 그 위를 걸어가게 한 뒤에 묻기를 "어느 나라 신하인고?"하니, 박제상이 "계림의 신하이다."라고 하였고 또 뜨겁게 달군 철판 위에 서게 하고는 묻기를 "어느 나라 신하인고?"하니, 박제상이 "계림의 신하이다."라고 하였다. 왜왕이 그가 굴복하지 않을 것을 알고 태워 죽였다. 이에 박제상의 부인이 세 딸을 데리고 치술령鵄述嶺에 올라가 왜국을 바라보며 곡하다가 죽었다.[2]

다리 살갗 벗기는 것 어찌 고통스럽지 않겠소만	剝脚皮豈不悲,
신은 실로 계림 사람이라오.	臣實鷄林兒.
뜨거운 철판 위에 서는 것 어찌 뜨겁지 않겠소만	立熱鐵豈不熱,
신은 또한 계림을 말할 뿐이오.	臣亦鷄林說.
미사흔으로 하여금	但使未斯欣,

---

2 박제상의 … 죽었다 : 치술령鵄述嶺은 경주부 남쪽 36리에 있는 재이다. 《증보문헌비고增補文獻備考》권106, 〈악고樂考〉에 전하는 내용에 의하면 박제상이 미사흔을 구하기 위해 왜로 떠나자 그 부인이 세 딸을 데리고 치술령에 올라가 슬픔과 그리움에 겨워 통곡하다가 죽어 망부석望夫石으로 변하였는데 그 후 치술령의 신모神母가 되었다 한다. 훗날 백성들이 〈치술령곡鵄述嶺曲〉을 지어 부르며 슬퍼하였는데 그 노래는 전하지 않는다고 한다.

신라 임금을 만나볼 수 있게만 한다면　　　得見徐羅君.
죽어도 계림의 귀신이요　　　死亦鷄林鬼,
살아도 계림의 신하라오.　　　生亦鷄林臣.
박제상, 그 얼마나 장한가.　　　朴堤上何其壯,
지아비의 충성 아내의 정절 끝내 모두 온전한데　　　夫忠婦節竟兩全,
애달픈 울음소리 아득하고 치술령만　　　哀聲遙述相望.
서로 바라보이네.

묵호자 墨胡子

신라 눌지왕訥祇王 때 묵호자墨胡子[1]라는 이가 있었다. 고구려로부터 와서 일선一善[지금의 선산부善山府]의 도개부곡道開部曲[부府의 동쪽 20리에 있다] 모례毛禮의 집에 머물렀다. 모례가 굴실窟室을 만들어 거처하게 하였는데, 얼마 뒤에 떠났다. 훗날 아도阿道라는 자가 시자侍者 세 사람을 데리고 또 모례의 집에 왔는데, 의표儀表가 묵호자와 흡사하였으며 몇 해를 병 없이 머물다가 죽었다. 시자들이 남아서 경률經律을 강講했는데, 종종 신봉하

---

1 묵호자墨胡子 : 신라에 불교를 처음 전한 사람. 인도 출신의 승려라는 설이 있다. 《삼국사기》, 〈눌지마립간〉 조에 의하면 눌지왕 때 고구려에서 신라 일선군一善郡에 이르렀는데, 모례가 자기 집에 굴을 파고 머물게 하였다. 이때 양梁에서 온 사신이 향을 왕에게 바치니 그 향의 이름과 용도를 몰라 사방에 수소문하자, 묵호자가 사용법과 이름을 알려주었다. 이에 왕은 흥륜사興輪寺를 지어 불교를 펴게 하였는데, 왕이 죽자 사람들이 그를 해치려하므로 종적을 감추었다고 한다. 한편 《삼국유사》, 〈아도기라阿道基羅〉 편에는 신라에 불교를 처음 전파한 이를 '미추왕 때의 아도阿道'로 기록하고 있어 묵호자를 아도와 동일인으로 보는 설도 있다.

는 사람이 있었으니 이것이 신라 불교의 시초가 된다.

묵호자, 어찌 이 땅에 왔던고	墨胡子胡來此,
누가 너를 불러 나라 안에 들게 했나.	誰呼爾來入國裏.
모례毛禮라는 자, 죄를 포탈逋脫할 수 없구나	毛家奴皐罔逭,
굴속에 손님으로 공양하는 것이 무슨 까닭이냐?	窟中養客胡爲乎.
동경東京에 장육금불상丈六金佛像 숲을 이루어	東京丈六金百藪,
신라는 불교에 아첨하여 모두 너를 조술祖述하였지.	徐盧佞佛皆爾祖.
묵호자를 뉘라서 감히 업신여기랴만	墨胡子誰敢侮,
그 당시 그를 죽이지 못한 것이 후회스럽네.	當年悔不槌殺虜.

용저악 舂杵樂

백결선생百結先生은 그 이름을 잃었다. 신라 자비왕慈悲王 때 사람으로, 집이 매우 가난하여 백여 곳 기운 옷을 입었으므로 그렇게 불렀다. 금琴을 잘 다루었는데 무릇 희노애락의 일에 있어 반드시 금으로 마음을 풀어내었다. 한 해가 저무려 할 때 이웃 마을에서 곡식을 찧었는데 그 처가 절구 소리를 듣고 "남들은 모두 곡식을 찧는데 우리집만 홀로 그러질 못하니 어떻게 한 해를 넘기리요?"라고 하였다. 선생은 탄식하며 "죽고 사는 데에는 천명이 있고, 부귀는 하늘에 달린 것인데 당신은 어찌 걱정을 하는지요?"라고 하였다. 이어 금을 퉁겨 방아 찧는 소리를 내어 그를 위로하였다. 그뒤 세상에 전해져 대악碓樂이라 하였다.

쿵더쿵 방아찧는 소리	許許舂杵,
방아찧는 소리 쿵더쿵.	舂杵許許.
마른 오동나무 절구 받침으로 삼고	枯梧爲碓趺,

손가락 손톱으로 금을 튕기네.	指爪共張擧.
쿵쿵 탁탁	隆隆橐橐,
그 소리 담장 너머로 울리네.	聲振環堵.
어떻게 펼쳐낼까?	何以抒之,
하늘 우러러보고 절구를 매만지듯.	仰天撫缶.
어떻게 까부를까?	何以簸之,
백군데 기운 옷 남루할 뿐이네.	百結襤褸.
저들은 그 쌀로 방아를 찧고	彼以其粒米,
나는 내 음악으로 방아를 찧네.	我以吾宮羽.
세모歲暮의 자리에	歲時之筵,
나의 식구들 기쁘게 하니	以娛我兒女,
이것이 나의 방아찧는 것이라네.	是爲我舂杵.

달도가 怛忉歌

본조 점필재佔畢齋 김종직金宗直의 '동경칠영東京七詠'[1]에 그 〈달도가〉에서 "놀랍고 두려워라 임금께서 하마터면 보존치 못할 뻔했네."라고 하였다. 우리말에 달도는 슬퍼하면서 금기함을 이른다. 살피건대 신라 소지왕炤智王 10년 정월 15일에 왕이 천주사天柱寺에 거둥하였는데, 까마귀와 쥐의 기괴한 일이 있어 기사騎士에게 명하여 까마귀를 쫓아가게 하였다. 기사가 피촌避村[2]에 이르러 두 마리의 돼지가 서로 싸우고 있는 것을 오래 머물러 보고 있다가 까마귀가 간 곳을 놓쳐버렸다. 한 노인이 연못 속에서 글이 적힌 것을 받들고 나왔는데, 적혀있기를 '열어보면 두 사람이 죽고, 열어보지 않으면 한 사람이 죽을 것이다'라고 되어 있었다. 기사

---

1 동경칠영東京七詠 : 《점필재집佔畢齋集》 권3 '동도 악부東都樂府' 조에 보인다.
2 피촌避村 : 《삼국유사》 권1, 〈기이紀異〉 1, '사금갑射琴匣' 조에 "피촌은 지금의 양피사촌인데, 경주 남산의 동쪽 기슭에 있다[避村今壤避寺村, 在南山東麓]."고 하였다.

가 이 글이 적힌 것을 왕에게 바치니, 왕이 말하기를 "두 사람을 죽게 하기 보다는 차라리 뜯지 말라."라고 하였다. 일관日官이 아뢰기를 "두 사람은 서인庶人이고 한 사람은 왕입니다. 뜯어보기를 청합니다." 라고 하였다. 뜯어보니, 쓰여있기를 '거문고의 갑匣을 쏘아라'라고 하였다. 왕이 궁에 돌아가 거문고의 갑을 쏘았다. 화살이 먹혀들자 피가 뿌려져 나왔다. 이는 곧 내전內殿의 분수승焚修僧[3]으로 왕비와 몰래 간통하던 자였다. 왕비는 중과 더불어 참형을 당하였다.

나라 사람들은 까마귀·쥐·용·말·돼지의 공이 아니었다면 왕의 몸이 위태로웠을 것이라고 여겨 정월 첫 번째 자일子日·진일辰日·오일午日·해일亥日 등에 모든 일에 조심하여 그날을 신일愼日이라고 하였다. 또 정월 보름을 오기일烏忌日로 삼아 찰밥으로 까마귀에게 제사지냈다. 지금 풍속에 정월 보름이 되면 찹쌀에 기름, 꿀, 밤, 대추를 섞어 밥을 짓고 이를 약반藥飯이라 하고 제사지낼 때나 손님을 접대할 때에 시식時食으로 삼았다. 이는 동경의 옛 풍습을 따른 것이다.

놀랍고 두려워라 정월 보름 새벽	怛忉怛忉上元昧,
까마귀 놀라 날고 쥐도 튀어나와 도망가네.	鼉烏驚飛鼠迸逃.
못 속의 늙은이 쥔 것 무엇인가.	池中之叟何所操.
열어서 읽어보면 두 명 죽고	開書二人死,
열지 않으면 한 명이 화를 당한다하네.	不開一人旣.
궁정을 임해문이라 하더니	宮庭臨海門,
중궁中宮[4]에 재앙의 물이 흘렀네.	中宮乃旣水.

---

3 분수승焚修僧 : 부처 앞에서 향을 태우고 불공드리는 일을 하는 중[僧]을 이르는 말.
4 중궁中宮 : 왕비가 있는 궁을 이르는 말.

비단 비구臂韝[5] 황금 복고鏷鐕　　　　　錦臂韝金鏷鐕,

왕이여! 왕이여! 주저하지 마소서.　　　王乎王乎莫躊躇.

거문고의 갑匣을 쏘니 피가 얼룩졌네　　射琴匣血糢糊.

아! 아!　　　　　　　　　　　　　　　　嘻吁乎嘻吁乎,

신神에게는 물을 수 없고　　　　　　　神不可問,

사람에겐 믿을 수 없어라　　　　　　　人不可信.

왕이여! 왕이여!　　　　　　　　　　　王乎王乎,

당시에 분수승焚修僧을 너무 가까이 했네.　當日焚修太親近.

---

5 비구臂韝: 사냥할 때에 팔뚝에 끼는 도구를 이르는 말.

풍월주 風月主

법흥왕法興王 원년元年에 용모가 단정한 남자 아이를 뽑아 풍월주라 이름하고 선사善士를 구하여 무리로 삼아 효제충신孝悌忠信을 연마하게 하였다. 당초에 신라의 임금과 신하들이 사람을 알아볼 방도가 없음을 근심하여 무리를 이루어 떼지어 노닐도록 하여 그 행실과 법도를 살펴본 연후에 등용하려 했다. 이에 미녀 두 사람을 뽑아 받들어 원화源花로 삼았는데, '남모南毛'와 '준정俊貞'이라 하고 무리 삼백여 인을 모았다. 두 여자가 아름다움을 다투어 서로 질투하였는데, 준정이 자신의 집에서 술자리를 열고 억지로 남모에게 권하여 술이 취함에 이르자 그녀를 강에 던져 버렸다. 남모의 무리들이 그 시체를 찾아내어 이 사실을 고하자, 준정은 죽임을 당하고 드디어 원화를 폐지하였다. 그 후에 다시 미모의 남자를 취하여 아름답게 치장하고 화랑花郎이라 이름 하였다. 무리들이 구름같이 모여들어 혹은 도의道義로써 서로 연마하고, 혹은 가악歌樂으로 서로 즐겼는데, 산수山水 간에 노닐면서 멀리까지 이르지 않은 곳이 없었다. 이로 인해 그 사람이 올바른지 삿된지를 알아서 가려 뽑아 등용하였다.

풍월도의 주인인 화랑이여!　　　　　　花郎風月主,

매미 이마에 보조개가 어여쁘구나.　　蟬首好口輔.

서라벌 팔백의 무리들　　　　　　　　徐耶八百徒,

오두遨頭[1]가 너무도 아리따웠다네.　　遨頭太媚姝.

지난날 원화의 집에서　　　　　　　　向者源花宅,

남모가 억울하게 죽었지.　　　　　　　枉死南毛侶.

남모가 죽은 뒤 풍월의 도 성숙하여　　南毛死後風月閑,

그들로 하여금 뜻을 얻어 육부六部[2]에　教爾得意行六部.

행하게 되었네.

---

1 오두遨頭 : 옛날 태수太守를 가리키던 말이다. 당唐나라 때 성도成都에서는 4월 19일인 완화일浣花日에 태수가 출유하는데, 이때 사녀士女들이 나가 구경하면서 태수를 오두라 일컬은 데서 유래하였다(《성도기成都記》). 여기에서는 원화를 가리키는 말로 쓰였다.

2 육부六部 : 신라 수도인 경주慶州의 행정 구역. 신라 건국 이전부터 있었던 육촌六村을 신라 유리왕琉璃王 때에 육부로 고쳤다고 하는데, 즉 알천 양산촌閼川梁山村을 양부梁部로, 돌산 고허촌突山高墟村을 사량부沙梁部로, 자산 진지촌觜山珍支村을 본피부本彼部로, 무산 대수촌茂山大樹村을 점량부漸梁部로, 금산 가리촌金山加利村을 한기부漢祇部로, 명활산 고야촌明活山高耶村을 습비부習比部라 하고, 육부에 각각 이李·최崔·정鄭·손孫·배裵·설薛의 육성六姓을 주었다고 한다.

구형왕 仇衡王

신라 법흥왕法興王 19년(532)에 금관국왕 金官國王 김구해金仇亥가 왕비王妃와 세 아들과 함께 국고國庫의 보물寶物을 가지고 와서 항복하였다. 법흥왕이 빈례賓禮로써 대우하고 그 나라를 식읍食邑으로 삼아주었다.[1] 김구해의 아들 무력武力은 벼슬이 대각간大角干에 이르렀다. 승려僧侶 탄영坦瑛의 〈왕산사기王山寺記〉를 살펴보니 '산양현山陽縣[지금의 산청현山淸縣이다]의 서쪽에 왕산王山이라는 산이 있고 왕사王寺라는 절이 있는데, 그 위에 왕대王臺가 있고 그 아래에는 왕릉王陵이 있다. 절은 본래 왕의 수정궁水晶宮이고, 능陵은 곧 가락駕洛 제10대代 구형왕仇衡王이 묻힌 현궁玄

---

1 신라 … 삼아주었다 : 금관金官은 지금의 경상남도 김해金海이다. 구형왕이 신라에 항복하자, 신라의 법흥왕은 금관군金官郡으로 강등하고 구형왕의 식읍으로 삼아주었다. 구해仇亥는 구형仇衡의 별명이고, 구형왕의 세 아들의 이름은 노종奴宗, 무덕武德, 무력武力이다.

구형왕릉_경상남도 산청군 금서면 화계리에 있으며, 사적 제214호로 지정되어 있다.
능 앞의 비석에 '가락국양왕릉駕洛國讓王陵'이라는 글씨가 새겨져 있다.

宮이다.[2] 양梁 무제武帝 중대통中大通 4년(532)[3]에 신라 법흥왕이 와서
가락을 공격하자 가락 구형왕은 차마 토지로써 백성을 다치게 할 수
없어[4] 신라에 나라를 양보하고, 항복하여 금관군金官郡의 도독都督이
되었다. 후에 그 식읍마저도 버리고 이 곳에 와서 거처하였는데 죽어서
장사지냈다. 지금 산중의 돌을 쌓아 구릉이 된 것이 있는데, 세속에서

---

2 현궁玄宮 : 임금의 관을 묻은 광중壙中으로 죽은 임금을 안치하는 곳이다.

3 양梁 … 4년(532) : 저본에 '大統八年'으로 되어 있으나, 중국 남북조시대의 양梁 나라
　무제武帝 소연蕭衍이 썼던 연호로 '大統'은 보이지 않는다. 《삼국사기三國史記》권34,
　〈잡지雜志〉3, 〈지리地理〉, '김해소경金海小京' 조에 의거하여 '中大通 4년'으로 봐야
　할 것 같다.

4 차마 … 없어 : 《맹자孟子》〈양혜왕梁惠王〉下 15章의 "군자는 백성을 부양하는 것으
　로써 백성에게 해를 끼치지 않는다[君子, 不以其所以養人者害人]."라는 구절을 원용한 것
　이다.

왕릉王陵이라 전하는 것이 그것이다.[5]'라고 되어 있다.

수레 바퀴 덜컹덜컹 말발굽 소리 요란하며	車轔轔騎駓駓,
돌격하는 장수 서쪽에서 와 바닷가까지 유린蹂躪했네.	突將西來躪海瀕.
구형왕, 애처로운 사람이여	仇衡王可憐人,
백성을 죽여 나라를 지킴은 나의 인仁이 아니로다.	殺民保國非吾仁.
계림鷄林을 동쪽으로 바라보며 여츤輿櫬의 뜻 표했네.[6]	鷄林東望出輿櫬,
금관金官을 탕목읍湯沐邑[7]으로, 불타버림을 면했네.	金官湯沐哀燒燼.
계화군桂花君[8]과 더불어 절에서 비질하고 물 뿌리며 지냈으니	與桂花君空門作埽汛,
산 중의 복전福田 수정궁水晶宮이로다.	山中福田水晶宮.
다만 대대 후손이 후공侯公이 되기를 원하였네.	但願奕世爲侯公,
구형왕이여, 나라는 비록 끝났으나	仇衡王國雖終,
노종奴宗과 무력武力, 그래도 영웅이었네.[9]	奴宗武力猶英雄.

---

5 세속에서 … 그것이다 : 현재 '전구형왕릉傳仇衡王陵'이라 명명되어 있다.

6 여츤輿櫬의 … 표했네 : '여츤輿櫬'은 '관棺을 짊어지다'는 뜻으로, 《좌전左傳》희공僖公 6년조의 "허 나라 남작이 두 손을 등 뒤로 묶고 구슬을 입에 물고, 대부는 상복喪服을 입고, 사士는 관을 짊어졌다[許男面縛銜璧, 大夫衰絰, 士輿櫬]."가 그 출전이다. 士가 棺을 짊어지는 이유는 항복한 임금이 죽임을 당하게 되면 그 관에 넣기 위해서이다. 즉, '여츤'은 적국에 항복 의사를 나타내는 의식이다.

7 탕목읍湯沐邑 : 중국 주周나라 때 제후가 목욕할 비용을 마련하도록 천자가 내린 채지采地이다. 후대로 오면서 군주와 그 비, 왕자·공주 등이 부세를 거두어 관할하는 지역을 의미하게 되었다. 여기서는 식읍과 거의 같은 뜻으로 쓰였다.

8 계화군桂花君 : 구형왕의 왕비이다.

9 노종奴宗과 … 영웅이로다 : 구형왕의 막내 아들 무력武力은 신라에서 벼슬하여 신주도 행군총관新州道行軍摠管을 역임하고 대각간大角干에까지 이르렀다.

팔관회 八關會

팔관회는 본래 신라 진흥왕眞興王이 처음 만든 것으로, 회에 참여한 자에게는 여덟 가지 계율이 있다. 첫째는 살생하지 않는 것이요, 둘째는 도적질 하지 않는 것이요, 셋째는 음탕하지 않는 것이요, 넷째는 망령되이 말하지 않는 것이요, 다섯째는 술을 마시지 않는 것이요, 여섯째는 높고 큰 평상에 앉지 않는 것이요, 일곱째는 향기롭고 호화로운 옷을 입지 않는 것이요, 여덟째는 스스로 보고 듣는 것을 즐기지 않는 것으로 되어 있다. 살피건대 고려 터조太祖의 〈훈요訓要〉에 "연등燃燈은 부처님을 섬기는 바요, 팔관은 천령天靈과 명산名山·대천大川의 용신龍神을 제사지내는 바라고 한다."라고 되어 있다. 그러나 그 계율에 살생하지 말 것과 도적질, 음탕함, 망령되이 말함과 술을 마시는 것을 하지 말 것을 맨 먼저 들고 있으니, 이 역시 모두 불가의 계율이다. 즉 이는 반드시 겸하여 불씨佛氏를 섬기는 자일 것이다.

향기롭고 호화로운 의상을 입지 말며 莫擎香華裳,

높고 큰 평상에 앉지 말라. 莫奠高大牀.

지난날엔 무차無遮[1]의 장場이었고 往日無遮場,

내일엔 팔관八關을 차리리라. 來日八關裝.

쌀 일만 곡을 베풀고 음료를 맑게 하며 捨米萬斛淸淘漿,

등 일천 개로 빼어난 장식을 다하는구나. 用鐙千顆窮殊糚.

누가 그것을 만들었는가 진흥왕眞興王이요 誰其作之眞興王,

누가 그것을 주관하였는가 진흥궁眞興宮이라네. 誰其主之眞興宮

[叶俱王切].[2]

천왕天王과 제석帝釋[3] 모두 묘연渺然하고 天王帝釋俱渺然茫,

아득한데

아, 팔관! 한갓 분주할 뿐이로다. 于嗟八關徒奔蹌.

---

1 무차無遮 : 무차대회無遮大會이다. 보시를 위주로 하는 법회인데, 5년에 한 번씩 거행되었다. '무차無遮'는 모든 것을 관대하게 용납하며 모든 악으로부터 해탈한 것을 말한다.

2 宮[叶俱王切] : 宮의 협음은 '광'이다.

3 천왕天王과 제석帝釋 : 모두 불교용어로 '천왕天王'은 동서남북의 사방을 지키는 제석帝釋의 외장外將인 사천왕四天王을 가리킨다. 동쪽은 지국천왕持國天王, 서쪽은 광목천왕廣目天王, 남쪽은 증장천왕增長天王, 북쪽은 다문천왕多聞天王이다. '제석帝釋'은 제석천帝釋天을 말하는데, 호법신護法神의 하나로 수미산須彌山 정상에 있는 선견성善見城 도리천忉利天의 천주天主이다. 삽십삼천三十三天을 통솔하면서 불법에 귀의하는 사람을 보호하는 것으로 되어 있다.

가야금 伽倻琴

대가야大伽倻[지금의 고령현高靈縣] 가실왕嘉悉王 때 악사 우륵于勒이 진나라 쟁[秦箏]의 방식을 본떠 금琴을 만들고, '가야금伽倻琴'이라 불렀다.[1] 지금 현縣의 북쪽 3리 지명을 금곡琴谷이라 하는데, 세상에서 전하기를 '우륵이 악공들을 거느리고 금을 익히던 곳'이라고 한다. 살피건대 《고려사高麗史》 '악지樂志'에는 "신라의 옛 음악으로 가야금의 곡조 17곡이 있는데, 모두 비리하여 전할 만하지 못하다."라고 하였다.[2] 가야금은 열두 줄로 되어

---

1 대가야 … 불렀다 : 《삼국사기》 권32, 〈잡지〉, '樂' 조에 보인다.

2 살피건대 … 하였다 : 《고려사》에는 원문에서 인용한 글이 보이지 않는다. 다만 《삼국사기》 권32, 〈잡지〉, '樂' 조에 "그 후 우륵이 그 나라[加耶國]가 어지럽게 되므로, 악기[加耶琴]를 가지고 신라 진흥왕에게로 투항하니 … 세 사람이[大奈麻 注知·階古와 大舍 萬德] 이미 11곡을 전해 받고 서로 이르기를 '이것은 번다하고 음란하니, 우아하여 바른 것이라고 할 수 없다'하고, (그것을) 요약하여 5곡을 만들었다. … 간관諫官이 의논하여 아뢰기를 '망한 가야국의 음률은 취할 것이 못됩니다'하였다. 왕이 이르기를 '가야왕이 음란하여 스스로 멸망하였는데 음악이 무슨 죄가 되겠느냐? … 나라의 다스리고 어지러

있는데 지금은 소경이 저자거리에서 구걸할 때 가장 능숙하게 다루는 악기이다. 요즘 사람들은 가야금을 그다지 중시하지 않는다.

가야금이여	伽倻琴,
금림왕錦林王[3]을 그리워하네.	思錦林.
기둥에 줄은 12개인데	絃柱一十二,
천년 전 우륵의 마음이 담겨있네.	千年于勒心.
하림·눈죽은 누가 다시 찾으랴	河臨嫩竹復誰尋.
지금 저자 사람의 손에	今日市人手,
영산靈山[4]의 오박 시끄러울 뿐일세.	靈山五拍徒繁音.

움은 음악 곡조로 말미암은 것이 아니다'하고, 드디어 행하게 하여 대악이 되었다. … 우륵이 지은 12곡 … 이문이 지은 3곡이 있다[後于勒以其國將亂, 携樂器投新羅眞興王 … 三人旣傳十一曲, 相謂曰, 此繁且淫, 不可以爲雅正, 遂約爲五曲 … 諫臣獻議, 加耶亡國之音, 不足取也, 王曰, 加耶王淫亂自滅, 樂何罪乎 … 國之理亂, 不由音調, 遂行之, 以爲大樂 … 于勒所製十二曲 … 泥文所製三曲]."라는 기록이 보인다.

3 금림왕錦林王 :《신증동국여지승람》권29, 〈경상도〉, '고령현' 조에, "고령현 서쪽 2리에 오래된 무덤이 있는데, 세상에서 '금림왕릉錦林王陵'이라 일컫는다[高靈縣西二里, 有古藏, 俗稱錦林王陵]."라고 하였다.

4 영산靈山 : 판소리를 부르기 전에 광대가 목을 풀려고 부르던 노래.

비형랑 鼻荊郎

비형랑은 혹은 목랑木郎이라 일컫고 두두리豆豆里란 이름으로도 불린다. 《삼국유사三國遺事》를 살펴보니 다음과 같은 이야기가 전한다. 신라 진지왕眞智王이 사량부沙梁部 도화랑桃花娘이 아름답다는 말을 듣고 궁중에 불러들여 시침侍寢들게 하려고 하자, 도화랑이 "첩에게 남편이 있으니 죽음을 당할지언정 다른 사람에게 몸을 맡길 수는 없습니다."라고 하였다. 왕이 농담으로 "남편이 없다면 가능하겠느냐?"라고 하자, "가능합니다."라고 했다. 이 해에 왕이 훙薨하고, 그 뒤 2년이 지나 도화랑의 남편 또한 죽었다. 열흘이 지난 밤중에 왕이 생시처럼 도화랑의 집으로 와서 "네가 예전에 승낙한대로 지금 남편이 없으니 가능할 것이다."라고 하고는 이레를 머무르고 홀연 사라졌다. 도화랑이 이에 임신을 하여 아들을 낳아 이름을 '비형鼻荊'이라 하였는데, 진평왕眞平王이 거두어 궁중에서 길렀다. 나이 15세가 되자 매일 밤 월성月城을 날아 넘어 서쪽으로 황천荒川 언덕에 이르러 귀신의 무리와 어울려 놀았다. 왕이 귀신의 무리를 시켜 신원사神元寺 북쪽 도랑에 다리를 놓도록 하자 비형 랑이 무리에게 돌을 다듬도록 하여 하룻밤 만에 큰 다리를 만들었다. 이로 인해 귀교鬼橋라 이름 하였다. 또 길달吉達이란 자를 천거하여 흥륜사興輪寺의 문루門樓를 세우고 길달문吉達門이라 이름 하였다. 어 느 날 길달이 여우로 변해 달아나자 비형랑이 귀신을 시켜 붙잡아 죽 여 버렸다. 이 뒤로 귀신의 무리들이 비형랑의 이름만 들어도 몹시 두 려워하여 달아났다. 당시 사람들이 다음과 같은 가사를 지었다.

성스런 제왕의 혼령이 아들을 낳으니	聖帝魂生子
비형랑의 집이 이곳이라네.	鼻荊郎室亭
날고 뛰는 귀신의 무리들아	飛馳諸鬼衆
이곳에 너희들은 머물지 말라.	此處莫留停

탑동 오릉 부근 신원사터에서 발굴 중인 귀교鬼橋 추정지

민간의 풍속에서 지금까지 이 같은 가사를 문에 붙여두어 귀신을 물리치니, 이것이 동경東京에서 두두리를 섬기게 된 시초이다.

고려 고종高宗 18년에 몽고 원수元帥 살례탑撒禮塔이 쳐들어왔을 때 동경에서 급히 주달奏達하기를 "목랑木郎이란 자가 말하길 '내가 이미 적군의 병영에 이르렀는데 원수가 아무 아무 사람이다. 우리 다섯 사람이 이들과 교전하려고 하니, 10월 18일을 기한으로 무기와 안장을 갖춘 말을 보내준다면 우리들이 의당 승전보를 알릴 수 있을 것이다.' 하였습니다."라고 하였다. 아울러 목랑이 최우崔瑀에게 보낸 시에 "장수와 요절, 재앙과 복은 일정하지 않은 것이거늘, 사람들이 이 속에서 지내면서도 아는 이 없구나. 재앙을 제거하고 복을 불러들임은 어려운 일이니, 천상과 인간 세상에서 나 아니면 누가 할 수 있으랴 [壽夭災祥非一貫, 人人居此未曾知. 除災致福是難事, 天上人間捨我誰]!"라고 하였다. 최우가 이를 믿고서 사적으로 수놓은 말다래와 안장을 얹은 말을 갖추어 내시 김지석金之席을 시켜 보내주었는데 그 뒤로 징험이 없었다.[1]

막강한 다리를 놓은 비형랑이여!	莫強梁鼻荊郎,
네 아비는 진지왕의 혼령이고	爾父眞智鬼,
네 어미는 도화랑이라 하니,	爾母桃花娘.
하나는 사람 하나는 귀신, 이치에 어긋나	一人一鬼非倫常,
비형랑이 태어난 일 너무도 황당하구나.	鼻荊之生殊荒唐.
남천南川에서 돌을 다듬은 것 누가 명한바이며	南川鍊石誰所命,
흥륜사에서 여우를 죽인 일 더욱 밝히기 어렵도다.	興輪戮狐尤難詳.

---

1 고려 고종高宗 … 없었다 : 이 대목은 《고려사》 권54, 〈지志〉, '오행五行' 편에 보인다.

두두리니 목랑이니 이름도 좋지 않은데 　　　　豆豆木郎名不良,
문신門神의 급황急況, 어리석음을 탄식하노라. 　門神急況嗟愚狂.
그대는 보지 못했나? 삼가수三家藪[2]에서 　　　君不見三家藪,
수놓은 말다래에 안장 없은 말로 부질없이 　　畫韂鞍馬空相望.
서로 기다린 것을.

---

2 삼가수三家藪 : 출전은 미상이나, 시골의 조그마한 마을을 뜻하는 말로 여겨진다.

성제대 聖帝帶

이 띠는 본래 신라 진평왕眞平王이 차던 것으로 길이는 열 아름이고, 62개의 띠쇠가 있다. 세속에서는 성제대聖帝帶라 일컬었는데, 신라 사람들은 그것이 신神이 있다고 여겼다. 나라를 안정시켜주는 보물이라 여기고 남고南庫에 보관하였다. 고려 태조太祖 20년(937)에 김부金傅가 고려에 항복하고 나서, 고려 태조에게 바쳤다.

성제대를 바치지 말았어야지	莫進獻聖帝帶,
바칠 바에는 차라리 망치로 부쉈어야지.	可當進獻寧椎碎.
당唐의 장식 60개의 띠쇠	唐裝六十銙,
남고南庫에서 400년 간 전해졌었네.	南帑四百載.
황금빛 물빛 달 아래 놀러나가니	金光水色月出遊,
진평왕 후대로 나라에 해害가 없었네.	眞平後國無害.
겨울 11월, 유화궁柳花宮에	冬十一月柳花宮,

동경東京(경주)에서 온 자들이 서로 지고 이고 왔네.[1]　　　東京至者相負戴.
궁문에 온갖 보화 실어 날라　　　宮門百貨來委輸,
펼쳐놓고 왕에게 바치니, 없는 게 무언가?　　　抒以獻王何所無.
어찌 꼭 성제대로써 호의를 표하려 했는가　　　豈必聖帝以爲好,
아! 전왕前王에게 능히 효도하지 못하였도다.　　　嗚呼不克前王孝.

---

1 겨울 … 왔네 : 935년 11월에 경순왕 김부는 개경에 왔다. 고려 태조는 김부가 유화궁에 머무르도록 해주었고, 자신의 딸 낙랑공주樂浪公主를 김부에게 시집보냈다.

왕이여, 가지 마소서 王毋去

김후직金后稷[1]은 신라 진평왕眞平王 때 사람이다. 왕이 사냥을 좋아하여 후직이 간절히 간하였으나 듣지 않았다. 그가 죽을 때에 아들에게 이르기를 "내가 신하가 되어 군주의 잘못을 바로잡지 못하였구나. 내가 죽거든 왕이 사냥 다니는 길가에 묻어라."하였다. 그의 아들이 그대로 따랐다. 훗날 왕이 사냥을 나가는데, 도중에 "왕이여, 가지 마소서."라는 소리가 들리는 듯하였다. 왕이 이것을 듣고서 물으니, 시종侍從이 "김후직의 무덤입니다." 하고, 드디어 임종 때의 말로써 간하였다. 왕이 눈물을 글썽이고 종신토록 다시는 사냥을 다니지 않았다. 사람들이 이것을 '묘간墓諫'이라 하였다.

---

1 김후직金后稷 : 신라 진평왕 때 사람. 지증왕의 증손. 관등은 이찬伊飡이었으며, 진평왕 2년(580) 병부령兵部令을 역임하였다. 이 글과 관련하여 《삼국사기》 열전 제5권, 〈김후직전金后稷傳〉에 진평왕에게 간했다는 〈상진평왕서上眞平王書〉가 보인다.

왕이여, 가지 마소서 　　　　　　　　　　　　王毋去,
왕께서 나의 말 듣지 않고 도리어 내게 노여워했네. 王不聽余反余怒.
살아서 능히 군주를 보좌하지 못했으니 　　　　生不能裨君,
죽거든 사냥 다니는 길에 장사지내라. 　　　　死以葬來路.
왕이여, 가지 마소서 　　　　　　　　　　　　王毋去,
왕의 사냥 좋아함이 지금도 예전 그대로네. 　　王之好獵今猶故.
살아서 말을 다 하지 못했으니 　　　　　　　生不能盡言,
죽어서 또 한마디 '왕이여, 가지 마소서.' 　　死亦以一語王毋去.
왕이여, 가지 마소서 　　　　　　　　　　　　王毋去,
왕께서 내 말 들어 한 번 돌아보소서. 　　　　王庶聽余一回顧.
충성이 구천에 아직도 살아 있어 　　　　　　忠誠九地尙凜然,
옛사람의 곧은 유풍 '아찬묘阿飡墓'라네. 　　古之遺直阿飡墓.

김화랑 金花郎

김유신金庾信은 동경東京 사람으로 아버지는 서현舒玄이다.[1] 경진庚辰일 밤에 형혹성熒惑星(火星)이 그의 어머니 만명萬明에게 떨어지는 꿈을 꾸고서 임신한지 열두 달 만에 태어났다. 아버지는 경庚 자와 유庾 자의 모양이 유사하고 진辰 자와 신信 자의 소리가 비슷해서 드디어 '유신庾信'이라 이름 지었다. 나이 15세에 화랑花郎이 되었는데 당시 사람들이 흡족한 마음으로 그에게 복종하여 용화향도龍華香徒라 일컬어졌다. 후에 백제와 고구려를 평정한 공으로 태대서발한太大舒發翰[2]의 직위에 제수되고 식읍食

---

1 아버지는 서현舒玄이다 : 가계를 간단히 살펴보면, 구형왕－무력－서현－유신으로 내려오는 바, 김유신은 구형왕의 증손이다.

2 태대서발한太大舒發翰 : 태대각간太大角干과 같다. 신라의 17등 관계에서 가장 높은 계급은 각간角干(伊伐湌)이었으나 무열왕 7년(660) 백제를 멸하는 데 공을 세운 김유신에게 기존 위계位階 위에 대각간의 벼슬을 주었고, 문무왕 8년(668)에는 고구려를 멸하는 데 공을 세웠다 해서 김유신에게 다시 태대각간의 벼슬을 내렸다.

읍 500호戶를 받았다. 문무왕文武王 13년(673)에 죽었고, 흥덕왕興德
王이 흥무대왕興武大王으로 추봉追封하였다.

김화랑, 나라의 영광	金花郎國之光,
나이 15세에 용화향도 되었네.	行年十五龍華香.
문무겸전한 지략은 백 명도 당해내기 어려워	文猷武略百難當,
고구려 백제는 저으기 놀라고 두려워했지	句麗百濟竊驚惶,
지금 사람들도 흥무왕興武王의 사적 왼다네.	今人誦爾興武王.

김유신 탄생지_현재 충북 진천군 태령산 정상에 태실胎室이 있고, 그 주위로 관련 사적이 다수 전한다.

천관녀 天官女

김유신金庾信이 아이였을 때, 그 어머니 만명萬明이 날마다 엄한 가르침을 펴서 함부로 교유하지 못하게 하였다. 어느 날 우연히 기녀의 집에서 잤는데, 어머니가 직접 가르치기를 "나는 이미 늙어서 밤낮으로 네가 성장하여 공명功名을 세우기를 바라고 있거늘 지금 기방妓房 주막酒幕에서 비천한 아이와 희롱질을 한단 말이냐?"라 말하며, 울기를 그치지 않았다. 유신이 어머니 앞으로 나아가 "다시는 그 문을 지나가지 않겠습니다."라고 스스로 맹세하였다. 어느 날 술에 취해 집으로 돌아오는데 말이 예전에 다니던 길을 따라 여자의 집에 잘못 이르렀다. 여자는 기쁘기도 하고 원망스럽기도 하여 눈물을 흘리며 문 밖으로 나가 유신을 맞이했다. 유신은 술이 깨고 나자 그 즉시 타고 왔던 말을 베고, 안장을 버리고는 집으로 돌아왔다. 여자가 원망하는 노래 한 곡을 지었는데, 그것이 전한다. 《동경잡기東京襍記》[1]를 살펴보니, 천관사天官寺는 경주부慶州府 오릉五陵 동쪽에 있는데, 곧 구舊 천관가天官家이다. 혹자는 천관天官이 그 여자의 이름이라고 한다.

천관녀여, 성내지 마라	天官女莫唬怒,
문 앞에서 말을 벤 일, 말할 것도 없다.	門前斬馬何足云.
너도 함께 말의 등뼈 베지 않은 게	悔不與女[上聲]剚其膂.
후회되는구나.	
궁중의 지조智照는 사랑하는 딸이였거늘[2]	宮中智照王所嬌,
늘 어머니 모시며 홀로 지냈지.	猶常侍母以獨處.
김가金家의 각찬角飡은 비범한 인물이니	金家角飡不凡人,
산중의 단석斷石은 하늘이 내려주신 것.[3]	山中斷石天所與.
낭비성娘臂城 앞에서 적을 칠 때	娘臂城前擊賊時,
오천 명의 목을 베니 힘이 절륜했네.[4]	斬馘五千力超距.
천관녀여, 응당 이제 알았으리라	天官女應始知,
공公의 의열義烈이 본래 이와 같았음을.	公之義烈本如許.

1 《동경잡기東京襍記》: 고려 시대 동경東京(경주)의 역사·지리·풍속 등을 기술한 책이다. 작자와 연대 미상의 《동경지東京誌》를 민주면閔周冕(1629~1670)이 1669년 경주 부사로 재임 시에 《동경잡기》라 서명을 고치고 증보 간행하였다.

2 궁중의 … 딸이였거늘: 지조智照는 태종무열왕 김춘추金春秋의 셋째 딸로, 655년 김유신에게 시집갔다.

3 산중의 … 것: 김유신이 젊은 시절에 삼국통일을 위해 경주의 어느 한 산에서 수련하던 때, 한 노인으로부터 신검神劍을 얻어 이 산의 바위굴에서 검술을 닦았는데, 시험 삼아 칼로 바위를 내리치니 바위가 갈라졌다고 한다. 그리하여 산 이름을 단석산斷石山이라 하게 되었다.

4 낭비성娘臂城 … 절륜했네: 낭비성은 충북 청주시와 청원군 일대의 삼국시대 지명이다. 진평왕 51년(629)에 김유신이 고구려 영토였던 낭비성을 공격하여, 고구려군 5,000여 명을 참살하는 대격전 끝에 이곳을 빼앗았다. 이 공훈을 인정받아 김유신은 태대각간에까지 올랐다.

송화방 松花房

각간角干 김유신金庾信의 종녀宗女 재매부인財買夫人이 죽으매 청연곡青淵谷에 장사지냈다. 매년 봄철에 같은 종중의 남녀들이 이 골짜기에 모여 잔치를 벌였다. 이때는 온갖 초목들이 꽃을 피우고 송화松花가 골짜기에 그득하였는데, 나무를 얽어 암자를 짓고 송화방松花房[1]이라 이름하였다.[2]

---

1 송화방松花房 : 송화방이 있었던 곳은 현재 경주시 석장동에 있는 금장대金藏臺로 추정된다. 금장대는 형상강의 지류인 서천西川과 북천北川의 합류지점인 청소青沼 위에 있는 작은 봉우리, 즉 송화산 줄기의 작은 구릉이다. 경주읍성과의 거리는 5리 정도이고 읍성이 한눈에 바라다 보인다. 재매부인을 청연곡青淵谷에 장사지내고 매년 봄 이곳에서 잔치를 벌였다고 했는데, 청연으로 추정되는 곳은 금장대 아래의 청소이다. 청소는 물이 아주 맑고 주변의 자연경관이 아름답기로 유명하다.

2 각간角干 … 이름하였다 : 《삼국유사三國遺事》 권1, 〈기이奇異〉 편의 '김유신' 조에 다음과 같은 내용이 있다. "金氏宗財買夫人死, 葬於青淵上谷, 因名財買谷. 每年春月, 一宗士女, 會宴於其谷之南澗, 于時百卉敷榮, 松花滿洞府林, 谷口架築爲庵, 因名松花房, 傳爲願刹."

송화松花 향기로우니 　　　　　　　　　　　松花香,

송화방 짓기를 청하네. 　　　　　　　　　　請爲松花房.

남산의 새 북산에 가서 우짖고 　　　　　　　南山禽去北山叫,

높은 밭의 물 아래 밭으로 흐르며 반짝이네. 　高田水下低田光.

세월은 빠르게 지나 기다려 주지 않지만 　　時節遽不待,

어찌 재매부인 기억하지 못하겠는가. 　　　　那不憶財買.

재매부인 젊은 시절 대단히 풍류스러워 　　　財買少時劇風流,

재매부인 사후에도 그 정신 여전히 남아 있다네. 　財買死後神猶在.

상방上房에 꽃가루 날리니 　　　　　　　　　上房花霏霏,

하방下房에선 꽃가루 옷에 가득하네. 　　　　下房花滿衣.

옷에 가득한 꽃가루 모름지기 손대지 마소 　　花滿衣莫須觸,

꽃가루 남겨두어 해마다 재매부인 생각한다네. 　留與年年財買思.

원효대사 元曉師

태종왕太宗王 때에 승려 원효元曉가 매양 거리에서 노래 부르기를 "누가 자루 빠진 도끼를 허여하겠는가? 내 하늘 받칠 기둥을 찍어 만들려 하네."라고 하였다. 왕이 이 노래를 듣고 말하기를 "이 대사가 귀부인을 얻어 현명한 자식을 낳으려 한다. 나라에 대현大賢이 있으면 그 이로움이 막대할 것이다."라고 하였다. 당시 요석궁瑤石宮에는 종실宗室의 과부가 있었는데, 왕이 궁리宮吏에게 명을 내려 원효를 찾게 하였다. 원효가 남산南山[1]에서 내려와서 유교楡橋[2]를 지나가다가 궁리를 만나자 일부러 물속으로 떨어졌

---

1 남산南山: 신라의 옛 수도였던 경상북도 경주시 경주평야의 남쪽에 솟아 있는 산.
2 유교楡橋: 경주 남천南川에 있던 나무다리로 문천교蚊川橋라고도 한다. (《삼국유사三國遺事》권4, 〈의해義解〉편의 '원효불기元曉不羈' 조의 내용 중에 문천교에 대한 간주間註 참조) 월정교지月精橋址의 발굴조사 중 하류 19m 지점에 월정교지와 거의 평행하게 8개의 목조가구가 노출되었는데 이곳이 유교楡橋로 추정된다. 요석궁터가 향교의 남쪽에 있고 유교는 궁터의 남쪽 끝에 있다. 문천 위에 놓여진 최초의 다리로 추정되고,

보광전 _ 원효대사의 위패를 모신 경주 분황사 보광전

다. 그래서 궁리는 원효를 요석궁에 이르게 하였다. 원효가 옷을 말리면서 인하여 궁에 유숙하게 되자 그 과부는 과연 임신하여 아들을 낳았는데, 그 아이가 바로 설총薛聰이었다. 설총은 나중에 벼슬이 한림翰林에 이르렀고, 고려 현종顯宗 때에 홍유후弘儒侯로 추증되었으며, 문묘文廟에 종사從祀되었다. 지금 본국의 이어俚語(상말)로 이찰吏札을 만들어 관부官府에서 사용되는 것은 모두 설총이 만든 것이다.[3]

월정교가 놓이기 이전에 남산신성과 장창長倉 및 남산의 여러 사찰을 이어주던 중요한 다리였다.

3 태종왕太宗王 … 것이다 : 《삼국유사》권4, 〈의해義解〉편의 '원효불기元曉不羈' 조에 다음과 같은 내용이 있다. "師嘗一日風顚唱街云: '誰許沒柯斧, 我斫支天柱.' 人皆未喩. 時太宗聞之曰: '此師殆欲得貴婦 産賢子之謂爾. 國有大賢, 利莫大焉. 時瑤石宮(今學院是也)有寡公主, 勅宮吏覓曉引入, 宮吏奉勅將求之, 已自南山來過蚊川橋(沙川, 俗云牟川, 又蚊川, 又橋名楡橋也.)遇之, 佯墮水中, 濕衣袴. 吏引師於宮, 褫衣曬眼, 因留宿焉, 公主果有娠, 生薛聰. 聰生而睿敏, 博通經史, 新羅十賢中一也. 以方音通會華夷方俗物名, 訓解六

누가 자루 빠진 도끼를 가지고	誰將沒柯斧,
가서 하늘 받칠 기둥을 찍어 만들까.	去斫支天柱.
누가 원효대사를 이끌어	誰引元曉師,
요석궁으로 향하게 했는가.	指向瑤石所.
궁중 귀부인의 얼굴 붉은 놀과 같으니	宮中貴婦顏如霞,
제비가 꽃잎 물고 새 둥지로 들어가네.	燕子銜花入新窠.
이제 시험삼아 항사동恒沙洞[4]을 찾으면[5]	來時試訪恒沙洞,
예전의 내 물고기 필시 다른 데로 갔을 것이네.[6]	前日吾魚定逝它.

經文學, 至今海東業明經者, 傳受不絶."

4 항사동恒沙洞 : 《삼국유사》 권4, 〈의해義解〉편의 '이혜동진二惠同塵' 조에, 항사사恒沙寺가 있는 곳, 즉 지금의 영일현迎日縣 오어사吾魚寺로 세상에서 항하사恒河沙처럼 많은 사람이 출가出家(세속을 벗어남)했기 때문에 항사동이라 한다고 했다.

5 이제 … 찾으면 : 《삼국유사》 권4, 〈의해義解〉편의 '이혜동진二惠同塵' 조에, 원효대사가 여러 가지 불경佛經의 소疏를 찬술撰述하고 있었을 적에 항사사에 머물러 있던 만년의 혜공惠空스님을 찾아가서 질문을 하기도 하고 혹은 서로 장난을 치기도 했다고 한다.

6 예전의 … 것이네 : 혜공과 원효가 시내를 따라 가면서 물고기와 새우를 잡아먹다가 돌 위에 대변을 보았는데, 혜공이 대변을 가리키면서 희롱하여 말하기를 "그대의 똥은 내가 잡은 물고기[吾魚]일 것일세."라고 했다는 이야기가 《삼국유사》 권4, 〈의해義解〉편의 '이혜동진二惠同塵' 조에 보인다. 이 시구는 '내 물고기'라고 말한 혜공이 이미 죽고 없다는 의미인 듯하다.

김원술 金元述

원술元述은 김유신金庾信의 아들이다. 법민왕法敏王이 고구려의 배반한 백성을 받아들이고 다시 백제의 옛 땅을 차지하자 당 고종高宗이 그것을 듣고 노하여 장군을 보내어 토벌할 것을 명하였다. 왕이 장군 의복義福 등을 보내어 대방帶方의 들에서 맞아 싸웠으나 패전하였다. 원술은 싸워서 죽고자 했으나 담릉淡凌에 의해 만류되었다. 경주로 돌아오자 유신이 "원술은 왕명을 욕되게 하였을 뿐만 아니라 우리 가문의 가르침을 저버렸으니 목을 베야 한다."라고 하였으나 왕이 용서하였다. 원술은 부끄러워 감히 아버지를 보지 못하고 전야田野로 숨었다. 아버지가 졸하자 어머니를 만나보고자 하니, 어머니가 "원술은 이미 아버지에게 자식 노릇을 못하였는데 내 어찌 어미가 될 수 있겠는가."라고 하며 끝내 만나지 않았다. 원술이 탄식하며 "담릉 때문에 일을 그르쳐 이런 지경에 이르렀다."라 하고 태백산에 들어가 분통을 터뜨리며 벼슬하지 않고 그 생을 마쳤다.

가련하다! 김원술 可惜金元述,

중군의 제일골인데[1] 中軍第一骨.

임금의 명도 지키지 못하였으니 君命且不支,

가법을 어찌 돌아볼 수 있었으랴. 家灋況何恤.

전일 대방성에서 前日帶方城,

용감한 죽음, 누구와 더불어 다툴건가. 敢死誰與爭.

차라리 비령丕寧[2]과 같이 죽을지언정 寧如丕寧死,

담릉과 함께 살아 돌아올건가. 其與淡淩生.

살아도 아버지를 못 만나고 生亦不面父,

죽어도 어머니를 못 만나네. 死亦不面母.

크나큰 저 태백산 浣浣太白山,

아무리 깊다한들 너를 용납해주려나. 雖深容汝不.

---

1 중군의 제일골인데 : 원술의 집안이 김해 출신이기 때문에 골품으로는 제일골이 될 수 없으나 이 경우 제일골이라는 것은 중군 가운데 가장 귀골貴骨이라는 의미로 쓰인 듯 하다.

2 비령丕寧 : 비령자丕寧子(?~647). 신라 선덕왕善德王 때 사람이다. 선덕왕 16년(647)에 백제가 신라를 침공하자 김유신의 휘하에 들어 함께 방어하였는데 전세가 위급해지자 김유신의 부탁으로 적진으로 들어가 장렬히 싸우다 전사하였다. 이때 그의 아들 거진擧 眞이 함께 출전하였다가 종 합절合節의 만류를 뿌리치고 아버지를 따라 싸우다가 전사 하였다. 결국 신라는 이들의 활약으로 승리를 거두었다. 《삼국사기三國史記》 권47, 〈비 령자열전丕寧子列傳〉

만파식적 萬波息笛

신문왕神文王[1] 때 동해 가운데 작은 산이 있어서, 파도를 따라 왔다 갔다 하였다. 왕이 사람을 시켜 배를 바다에 띄워 들어가니, 산에 대나무 한 그루가 있었다. 왕이 그것으로 피리를 만들어 불게 하니, 적병이 물러나고 질병이 나았으며, 가뭄에는 비가 내리고 장마에는 맑게 개였으며, 바람은 잠잠해지고 물결은 잔잔해졌다. '만파식적'이라고 일컬었다가[2] 효소왕孝昭王 때에 이름을 더 높여 '만만파파식적'이라 하였다.

---

1 신문왕神文王 : ?~692. 신라 31대 왕(재위 681~692). 665년에 태자가 되고, 681년 7월에 아버지 문무왕文武王이 승하하면서 왕위에 올랐다.

2 신문왕神文王 … 일컬었다가 : 《삼국유사》권2, 〈기이紀異〉2, '만파식적萬波息笛' 조에 보인다.

산은 왔다갔다 하고   山搖搖,
대나무는 소소蕭蕭한데.   竹蕭蕭.
산이 오매 대나무를 자르고   山來竹遭斬,
산이 가매 젓대 소리를 내었네.   山去竹歡號.
다만 바라노니 시절은 풍요롭고 사람들   但使時豊人和海不揚濤,
화평하며 바다는 파도를 일으키지 않아
천년만년 왕조를 보우하기를.   千秋萬歲翊王朝.

장미 여인 薔薇女

 설총薛聰[1]의 자는 총지聰智이니 원효元曉의 아들이다. 신문왕神文王이 언젠가 한가로이 거처할 때에 설총을 불러 말하였다.

"오늘 오랜 비가 비로소 개었고 남풍이 조금 서늘하니, 고상한 말과 좋은 이야기로 울적한 마음을 풀어줄 만하다. 그대는 분명 기이한 견문이 있을 터이니 나를 위해 말해주지 않겠는가?"

설총이 말했다.

"예, 신이 듣건대 옛날 화왕花王이 처음 왔을 때 향원香園에 심고 푸른 장막으로 보호하였더니, 춘삼월을 맞아 꽃을 피웠는데 곱기가 뭇 꽃 가운데에서 홀로 뛰어났습니다. 이에 아름다운 정령과 예쁜

---

1 설총薛聰 : 신라의 학자. 자는 총지聰智, 시호는 홍유弘儒. 원효元曉와 요석공주瑤石公主 사이에서 태종무열왕 때 태어난 것으로 추정되고 몰년은 미상이다. 신라 국학國學에서 학생들을 가르쳐 유학의 발전에 공헌하였으며, 이두吏讀를 창안했다고 전해진다.

꽃부리들이 다투어 달려와 알현하지 않는 자가 없었습니다. 홀연히 장미薔薇라고 하는 한 미인이 있어, 선명한 화장과 고운 복장으로 아리땁게 앞으로 와서 말하였습니다. '임금님의 훌륭하신 덕망을 들었습니다. 임금님의 처소에서 잠자리를 모시기를 바라옵니다.'

또 백두옹白頭翁이라고 하는 한 장부가 흰 머리에 지팡이를 짚고 구부정한 허리로 나아와 말하였습니다. '저는 도성 밖 큰길가에 삽니다. 적이 생각하기를 좌우에서 공급하여 기름지고 화려한 음식이 비록 풍족하더라도 상자에 담아둔 것에 반드시 양약良藥이 있어야 한다고 여겼습니다. 그러므로 비록 명주와 삼베가 있더라도 골풀과 띠풀을 버려서는 안된다고 하는 것입니다. 임금님께서도 이런 뜻이 있는지 모르겠습니다. 무릇 임금이 된 분은 노숙老熟한 이를 친근히 하여 흥하고, 요염妖艶한 이를 가까이 두어 망하지 않은 사람이 없었습니다. 그러나 요염한 이는 함께 하기가 쉽고 노숙한 이는 친

東文選卷之五十二

奏議

上眞平王書　　　　金后稷

古之王者必一日萬機深思遠應左右正士容受
直諫孜孜矹矹不敢逸豫然後德政醇美國家可
保今殿下目與狂夫獵士放鷹犬逐雉兔奔馳山
野不能自止老子曰馳騁田獵令人心狂書曰内
作色荒外作禽荒有一于此未或不亡由是觀之
内則蕩心外則亡國不可不愼也殿下其念之

諷王書　　　　薛聰

臣聞昔花王之始來也植之以香園護之以翠幕
當三春而發艷凌百花而獨出於是自邇及遐艶
艶之靈夭夭之英無不奔走上謁唯恐不及忽有
一佳人朱顔玉齒鮮粧靚服伶傳而來綽約而前
曰妾履雪白之沙汀對鏡清之海面沐春雨以去
垢快清風而自適其名曰薔薇聞王之令德期薦
枕於香帷王其容我乎又有一丈夫布衣韋帶戴
白持杖龍鍾而步傴僂而來曰僕在京城之外居
大道之旁下臨蒼茫之野景上倚嵯峨之山色其
名曰白頭翁竊謂左右供給雖足膏粱以充膓茶

화왕계_ 성종 9년(1478), 서거정 등이 왕명으로 편찬한 우리나라 역대 시문선집인 《동문선》 권52에 〈상진평왕서上眞平王書〉란 제목으로 실려 있다.

하기가 어려우니, 예로부터 이러한지라 제가 거기에 어찌겠습니까?'"[2]

말이 끝나기도 전에 신문왕은 초연愀然히 낯빛을 바꾸고 말했다. "그대의 말은 비유로 깨우쳐줌이 매우 절실하도다. 경계警戒로 삼을 수 있게 글로 적어주기를 바라노라."

장미의 아리따운 미모	薔薇可憐色,
우리 화왕국花王國을 환하게 하였었네.	皦我花王國.
뭇 초목 바람과 서리에 시달릴 적	百卉困風霜,
이때 가시덩굴을 볼 뿐이었네.	於時見荊棘.
고매한 백두옹	翹翹白頭翁,
출세할 힘 없음이 슬프다.	進身嗟無力.
어찌하면 촌초심寸草心[3]을 가지고	安將寸草心,
가서 향기로운 덕망에 보탬이 될까.	去補馨香德.

---

2 옛날 … 어찌겠습니까 : 설총이 신문왕에게 들려준 이 우화는 약간의 자구 출입이 있는 상태로 《삼국사기》 열전에 제목 없이 실려 있고, 《동문선》에는 〈상진평왕서上眞平王書〉라는 제목으로 실려 있으며, 후대에 〈화왕계花王戒〉라는 제목을 붙이기도 하였다. 여기서 화왕花王은 모란, 장미薔薇는 그대로 장미, 백두옹白頭翁은 할미꽃을 의미한다.

3 촌초심寸草心 : 한 치 작은 풀의 마음이란 뜻으로, 은혜에 보답하려는 자식이나 신하의 마음을 비유한 말이다.

옥보고 玉寶高

옥보고는 사찬沙粲 공영恭永의 아들로 경덕왕
景德王 때 사람이다. 젊은 시절 지리산 운상원雲上院에
들어가 50년 동안 금琴을 배워 스스로 신조新調 30곡을 지었다. 이 곡
들을 타면 현학玄鶴이 내려와 춤을 추었으므로 드디어 현학금玄鶴琴
이라고 이름하였다. 또 현금玄琴이라고도 하였다. 김일손金馹孫의 《탁
영집濯纓集》을 살펴보건대, 고려의 왕산악王山岳이 금을 잘 타서 현학
이 내려와 춤을 추었으므로 이로 인해 현금이라고 이름하였다고 했으
니, 누구의 말이 옳은지 자세히 알 수가 없다. 지금 경주부 남쪽 6리에
금오산金鰲山[1]이 있고, 산 정상에 금송정琴松亭이 있는데, 이곳이 바
로 옥보고가 금을 타던 곳이라 한다.

---

1 금오산金鰲山 : 경주 남산南山의 이칭異稱.

<table>
<tr><td>바다 위 셋 금오[2]에</td><td>海上三金鰲,</td></tr>
<tr><td>산山 사람 옥보고가 살았네.</td><td>山人玉寶高.</td></tr>
<tr><td>높은 봉우리 오천 장丈인데</td><td>高峯五千丈,</td></tr>
<tr><td>초목들 모두 금琴의 표상表象일새.</td><td>草木皆琴想.</td></tr>
<tr><td>금 소리 바닷가에 아련해지매</td><td>琴聲落海涯,</td></tr>
<tr><td>현학玄鶴은 두둥실 어디로 갔는가.</td><td>玄鶴漂何之.</td></tr>
<tr><td>산중의 삼십 곡조[3]</td><td>山中三十曲,</td></tr>
<tr><td>천고에 누가 이어갈까.</td><td>千古誰能續.</td></tr>
</table>

---

2 셋 금오 : 경주의 남산은 세 마리의 금자라가 이고 있는 형국이라 하여 금오산이라고도 한다.

3 삼십 곡조 : 《삼국사기三國史記》 권32, 〈잡지雜志〉에 옥보고가 지은 삼십 곡조의 이름이 자세히 기록되어 있다.

죽죽사 竹竹詞

죽죽竹竹은 대야주大耶州[지금의 합천군陝川郡] 사람이다. 선덕왕善德王 때에 사지舍知[1]가 되어 본주本州(대야성) 도독都督 김품석金品釋의 휘하麾下에서 보좌하였다. 백제의 장군 윤충允忠이 와서 대야성을 공격하였는데, 품석은 막을 수 없어서 스스로 목을 찔러 죽었다. 죽죽이 나머지 군사들을 거두어 성문을 잠그고 항거하였는데 용석龍石이 죽죽에게 이르기를 "지금 병세兵勢가 이렇게 되었으니 살아서 항복하였다가 후일의 공을 도모함만 같지 못하다"라고 하였다. 그러자 대답하기를 "우리 아버지가 나를 죽죽이라고 이름지으신 것은 내가 추운 겨울에도 시들지 않고, 부러질 수는 있어도 굽히지는 말라고 함인데 어찌 죽음을 겁내어 살기를 구할 수 있겠는가"라고 하고 드디어 힘써 싸웠으며 성이 함락되자 용석

---

1 사지舍知 : 신라新羅의 17관등 가운데 열세 번째 등급. 4두품頭品 이상이 오를 수 있었다.

과 함께 죽었다. 왕이 듣고 크게 슬퍼하여 죽죽에게 급찬級飡[2]을, 용
석에게 대내마大奈麻[3]를 추서追敍하였다.

차라리 죽은 죽죽이 될지언정	寧爲死竹竹,
평범한 초목草木은 되지 말아라.	莫爲凡草木.
표표表表한 용석의 기회의 말로도	翹翹龍石間,
부러질 순 있어도 굽힐 수는 없다.	可折不可曲.
서풍이 강물을 쓸어오는데	西風泄河來,
추운 겨울에도 더욱 푸르디 푸르도다.	歲寒增蒼綠.
슬프도다 대야성이여	哀哀大耶城,
쓰러지고 허물어져 평지가 되었다네.	斬伐故邊陸.
죽죽이 살아있을 때는	竹竹在世時,
긴 줄기로 남쪽 땅을 방비했는데.	脩榦蔽南國.
오늘 죽죽이 죽었으니	今日竹竹死,
이름을 돌아보아 진정 부끄럽지 않구나.	顧名眞不惡.

2 급찬級飡 : 신라 17관등 가운데 아홉 번째 관등. 급벌찬級伐飡.
3 대내마大奈麻 : 대나마. 신라의 17관등 가운데 열 번째 등급.

용치탕 龍齒湯

소성왕昭聖王 20년[1]에 상대등上大等 충공忠恭이 정사당政事堂에 앉아서 내외內外 관원官員을 전형銓衡하였는데 청탁請託이 답지遝至하였다. 충공이 어떻게 할 수가 없었고 병에 걸려 물러나와 의원을 불러 진맥하게 하니 "병이 심장에 있으므로 용치탕龍齒湯[2]을 복용하여야 합니다."라고 하였다. 드디어 문을 닫고 빈객을 사절하였다. 집사시랑執事侍郎 녹진祿眞[3]이 뵙기를 청

1 소성왕昭聖王 20년 : 소성왕(?~800)은 신라 39대 왕. 원성왕의 태자 김인겸金仁謙이 왕위에 오르기 전에 요절하자 왕세손으로서 왕위를 계승하여 즉위하였으나 재위 1년 7개월 만에 승하하였으므로 20년은 2년의 착오가 아닌가 한다.
2 용치탕龍齒湯 : 용치는 해마海馬의 이빨 화석으로 안신 강정의 효과가 있는 약이다. 용치탕은 이것을 끓인 탕인 듯하다.
3 녹진祿眞 : 신라 시대의 무장武將. 일길찬一吉湌 수봉秀奉의 아들. 23세 때 벼슬하여 헌덕왕 10년(818) 집사시랑執事侍郎이 되었고, 상대등上大等 충공忠恭이 병으로 은퇴하매 직언直言으로 그를 감동케 하여 다시 나오게 하고, 웅천도독熊川都督 헌창憲昌이 반란하자 관군을 이끌고 공을 세워 임금이 대아찬大阿湌의 벼슬을 내렸으나, 받지 않았다.

하였는데 문지기가 막았다. 녹진이 말하기를 "하관下官은 상공께서 객을 사절함을 모르지 않지만, 한 말씀을 드려서 답답한 회포를 풀어드리고자 합니다. 뵙지 않고는 물러갈 수 없습니다."라고 하니 문지기가 세 번 왕복하고서야 이에 뵙게 되었다.

녹진이 "제가 듣자오매 기체氣體가 고르지 못하시다 하오니 아침 일찍 출근하고 저녁 늦게 퇴근하여 안개와 이슬을 무릅쓰게 되어 혈기血氣(榮衛)의 좋은 상태를 상하시고 지체支體의 편안함을 잃었기 때문이 아닙니까?"라고 하니, "아직 그렇지는 않다."라고 했다. 녹진이 "그렇다면 공의 병은 침과 약을 기다려서 될 것이 아니고 한 마디 말로 다스릴 수 있습니다."라고 하였다. 충공이 말하기를 "그대 말을 들어볼 수 있겠는가?"라고 하였다.

녹진이 "도편수가 집을 짓는데 재목材木이 큰 것은 보와 기둥을 삼고, 작은 것은 서까래를 삼으며, 휜 것과 곧은 것이 각기 적당한 자리에 들어간 후에야 큰 집이 이루어지는 것입니다. 재상이 정사를 하는 것 또한 이러할 것입니다. 큰 인재人才는 높은 직위에 두고 작은 인재는 가벼운 소임을 주어서 안으로는 대관大官과 백집사百執事, 밖으로는 방백方伯과 군수郡守에까지 나라에 빈 자리가 없고 모두 그 사람을 얻은 후에 왕정이 이루어질 것입니다.

지금은 그렇지 못합니다. 사사로운 정분情分에 따라서 공평함을 없애고 사람을 위하여 좋은 관직을 택하고 그를 사랑하면 비록 재목이 아니더라도 반드시 채용하고 그를 미워하면 비록 유능하더라도 반드시 배척하여 취사取捨에 그 마음이 수고롭고 시비에 그 뜻이 어지럽게 되니, 비단 국사國事에 해로울 뿐만 아니라 그 일을 하는 사람 역시 병드는 것입니다.

만약 관직을 맡으매 사람이 청렴결백하고 일을 처리하매 삼가고 조심하여 뇌물의 문을 닫고 청탁의 길을 끊어서 출척黜陟에 반드시 어둡고 밝음으로써 하고 주는 것과 빼앗는 것에 반드시 사랑과 미움으로써 하지 않는다면, 마치 저울처럼 경중輕重을 잘못하지 않고 먹줄처럼 곡직曲直을 속이지 않을 것입니다. 이렇게 한다면 형정刑政이 믿음직하게 거행되고 국가가 화평하여 비록 날마다 공손홍公孫弘[4]과 같이 문을 열어놓고, 조참曹參[5]과 같이 술을 내어서 붕우고구朋友故舊들과 담소하고 즐거워하여도 좋을 것입니다. 또 어찌 반드시 구구하게 복약服藥에 마음을 쓰고, 부질없이 시일을 소비하며 일을 폐할 것이겠습니까?"라고 하였다.

충공이 기뻐하여 의원을 사절하고 왕을 뵈었더니, 왕이 말하기를 "경卿은 날을 정하여 복약服藥한다 하였는데, 어찌 갑자기 내조來朝하였는가?"라고 하였다. 대답하기를 "신이 녹진의 말을 들었는데 약을 먹고 침을 맞은 것과 같았으니 어찌 다만 용치탕을 마시는 것 뿐이겠습니까."라고 했다. 이어서 왕을 위하여 이를 아뢰었더니, 왕이 "과인이 임금이 되고 경이 재상宰相이 되어서 이와 같은 사람이 있으니 태자에게 이를 알리지 않으면 안되겠다."라고 하였다. 태자가 들어와 하례하기를 "신이 듣기로 임금이 밝으면 신하가 곧다고 하였는데 이는 또한 국가의 아름다운 일입니다."라고 하였다.

아침에 용치탕 한 번 먹고   朝一服龍齒湯,

저녁에도 용치탕 한 번 먹어도.   暮一服龍齒湯.

---

4 공손홍公孫弘 : BC. 200~BC. 121. 중국 전한前漢 때의 재상. 공손홍은 자기 관저의 동쪽 문을 항상 열어 놓고, 사람들이 쉽게 드나들 수 있도록 배려하였다. 이는 항상 문을 개방해 놓고 세상의 인재를 모으고자 함이었다.

5 조참曹參 : ?~BC. 190. 중국 전한前漢의 공신. 고조가 죽은 뒤에 함께 경쟁하던 소하蕭何의 추천으로 상국相國이 되어 혜제惠帝를 보필하였다. 조참은 재상이 되어 소하가 실시하던 대로 나라를 다스렸다.

처리하지 못한 일이 가득하니 不濟事彌,

지금까지 심장에 열기 찼다네. 今熱心腸.

문을 닫고 객을 사절하며 참으로 망양亡陽[6]하였네. 杜門謝客眞亡陽.

아침에 녹진의 말을 듣고 朝聞祿眞語,

저녁에 임금을 뵈오니 暮卽朝當宁.

백관들이 모두 놀라고 궁금해하는데 百寮盡驚疑,

태자는 홀로 절하고 춤춘다네. 儲君獨拜舞.

포저苞苴[7]가 행하지 않으니 사사로이 청탁하는 苞苴不行干謁沮.
일이 없다네.

신하의 마음 물이 지극히 맑은 것과 같고 臣心水至淸,

신하의 판별은 저울이 평평한 것 같다네. 臣識如衡平.

문을 나서 담소하며 가는데 出門乃敢談笑行,

어제의 병 오늘 나았으니 昨者之疾今則愈,

하필 사람에게 용치탕을 끓여 오라고 요구하겠는가. 何必要人龍齒烹.

---

6 망양亡陽 : 망양증亡陽症. 몸의 양기陽氣가 다 빠져 없어지는 병. 허탈증이 생기며, 몸에 땀이 많이 나는 것과 땀이 좀처럼 나지 않는 것의 두 가지가 있음.

7 포저苞苴 : 물건을 싸는 것과 물건 밑에 까는 것이라는 뜻으로, 뇌물賂物로 보내는 물건을 이르는 말.

처용무 處容舞

신라 헌강왕憲康王이 학성鶴城[지금의 울산부蔚山府]에 놀러나갔다가 개운포開雲浦에 이르렀을 때였다. 갑자기 기이한 모습에 괴상한 복장을 한 사람이 나타나더니 왕 앞에 이르러 노래하고 춤을 추며 왕의 공덕을 찬양하였다. 왕을 따라 왕경으로 와서는 스스로 처용處容이라 이름하고 매양 달밤에 저자거리에서 노래하며 춤을 추다가 필경 어디로 갔는지 알 수 없어서, 당시 사람들이 그를 신神으로 여기었다. 후세 사람들이 그가 노래하고 춤추던 곳을 이름하여 월명항月明巷이라 하였는데, 지금의 경주부慶州府 금성金城 남쪽에 있다. 이에 연유하여 처용무處容舞와 처용가處容歌가 만들어 졌으니, 지금 장악원掌樂院에서 턱이 거의 삼척三尺이나 늘어진 가면을 만들어 쓰고 오방五方의 색깔에 맞추어 옷을 입고 곱사등 모습으로 춤을 추는 것이 그것이다.

어떤 한 사람 가을 개운포에 나타났는데　若有人兮秋浦雲,

화려한 채색 옷이 견줄 바가 없었네.	姣采服兮殊倫.
붉은 실로 지은 옷 황후의 옷[1]인 양 화려하고	朱絲衣兮鞠裳,
자줏빛 자개 이빨에 솔개의 어깨라네[2].	紫貝齒兮鳶肩.
임금께서 영수靈壽하단 말 듣고	聞夫君兮靈壽,
여섯 용을 비껴 몰고 홀연 나타났구나.	橫六龍兮倏當.
먼저 편히 노래하고 느리게 춤을 추니	先安歌兮曼儛,
북쪽 저자에 서쪽 가게로구나.	北市兮西廛.
육부 전체에 화려함이 가득한데	總六部兮靡靡,
부인과 사통한 것 바로 그 역신이라네.[3]	烝以女兮威神.
불시에 오더니 가고는 돌아오지 않아	徠不時兮去不返,
흰 용을 타고 아득히 바다 나루로.	梁白龍兮蕩海津.
냇물은 고요하고 바람 거센 골목에	川寂寂兮多風巷,
달은 밝은데 그 사람은 없구나.	月明兮無人.
삼척이나 늘어진 턱에 오방색五方色의 옷 입고	三尺頰兮五方衣,
임금을 그리워하며 부질없이 요란을 떠는구나.	懷夫君兮徒紛紜.

---

1 황후의 옷 : 원문은 '鞠裳'인데, 황후의 복식 중의 하나를 말함.《주례周禮》,〈천관天官〉, '내사복內司服' 조에 "掌王后之六服. 褘衣·揄狄·闕狄·鞠衣·展衣·緣衣"라는 말이 보인다.

2 자줏빛 … 어깨라네 : 연견鳶肩은 솔개가 앉아 있을 때 양쪽 날개의 어깨 부분이 위로 뾰족하게 튀어나온 것과 같은 어깨로 몸이 몹시 야위었음을 비유한 말이다. 익재益齋 이제현李齊賢이 처용에 대해 읊은 시에서 "자개 이빨 붉은 입술로 달밤에 노래하고, 솔개 어깨 자줏빛 소매로 봄바람에 춤을 추네[貝齒楨脣歌夜月, 鳶肩紫袖舞春風]."라고 하였다.

3 부인과 … 역신이라네 :《삼국유사》,〈기이〉편에 따르면, 처용이 자신의 아내와 역신이 동침하고 있는 것을 보고 노래를 지어 부르자, 역신이 잘못을 빌며 감격하여 공의 형상을 그린 것만 보아도 그 집에 들어가지 않겠다고 하였다 한다.

처용무_김홍도의 〈부벽루 연회도〉 중에서 처용무를 추는 장면

포석정 鮑石亭

정자는 경주부慶州府 남쪽 7리에 있다. 돌을 깎아 포어鮑魚(전복) 모양으로 만들어 정자 아래에 설치했으므로, 이름을 포석정鮑石亭이라 하였다. 그 아래 휘돌아 흐르는 물에 술잔을 뜨게 하였는데 그 유적이 지금도 완연하다. 신라 경애왕景哀王[1]이 비빈妃嬪 종척宗戚들과 더불어 궁에서 나가 이 정자에서 노닐며 술자리를 벌이고 음악을 즐겼다. 견훤甄萱의 군대가 갑자기 들이닥치자 왕은 왕비와 더불어 성 남쪽의 이궁離宮에 몸을 숨겼다. 악공과 궁녀들은 모두 견훤이 풀어놓은 병사들에게 크게 노략당했다. 견훤이 왕궁에 쳐들어와 좌정한 뒤에 왕을 협박하여 자진하게 하였고 강제로 왕비를 욕보였다. 휘하를 풀어 비빈妃嬪을 범했으며 왕제王弟 효

---

1 경애왕景哀王 : 신라의 제55대 왕으로 재위 924~927년이다. 아버지는 신덕왕神德王이며, 경명왕景明王의 아우이다. 신라 말의 혼란기에 즉위하여, 왕건과 견훤의 세력에 눌리면서 국왕다운 위엄을 떨치지 못하였다. 견훤의 습격을 받고 자진하였다.

경주의
포석정 유적

렴孝廉과 재상 미경美景 등을 포로로 잡았고, 자녀子女·백공百工과 병장기 및 보물을 빼앗아 갔다. 정자는 지금 폐해졌는데 그 터가 금오산金鰲山 서쪽 기슭에 남아있다.

기병騎兵이 쳐들어와 말우는 소리 연이으니	騎行駸踏馬連嘶,
궁녀들 급히 달려 적의 침입 알리네.	宮姬走報賊大來.
왕은 깊이 취해 제 정신이 아닌데	王乎沈醉謾不精,
유상곡수流觴曲水 술자리는 어찌 그리 느긋한가!	流觴曲水何遲回.
금오산金鰲山 다섯 봉우리 가렸다 열렸다 하고	金鰲五峯翕復開,
금송정琴松亭[2] 나무 가지, 바람이 회오리 치네.	琴松一枝風快哉.
왕비와 종실 여인들 슬퍼 말라	王妃宗女莫謾哀,
궁중에서 구걸하는 죽음 남의 탓 아니라네.	宮中乞死非人催.

2 금송정琴松亭 : 경주 금오산의 꼭대기에 있던 정자.

진한辰韓 육부六部 부질없이 바람 앞 먼지가 되니　辰韓六部空風埃,
아! 포석정이 재앙의 빌미라네.　鳴呼鮑石爲鬼媒.
그대는 듣지 못했나!　君不聞
'문 밖에 한금호韓擒虎요 누 위엔　門外韓擒虎樓頭張麗華,
장려화張麗華'라는 것[3]
어진 사관史官의 한 마디 말 진실로 탄식할 만하네.　良史一言誠可欸.

---

3 문 밖에 … 장려화張麗華라는 것 : 중국 남조南朝 때 진후주陳後主의 고사. 진후주는 주
색을 탐하며 정사를 소홀히 하였는데 특히 귀비貴妃 장려화를 총애하였다. 후주 자신은
임춘각臨春閣에 거하고 장려화는 결기각結綺閣에 머물게 하면서 서로 왕래하였다. 수隋
의 장군 한금호가 기병 5백을 이끌고 침입하자 후주와 장려화는 우물 속에 숨었으나
결국 붙잡혀 나라가 망하게 되었다. 《남사南史》, 〈진기陳紀〉 '후주後主' 편과 《수서隋
書》, 〈한금호전韓擒虎傳〉에 기록이 보인다. 이 사건을 두고 당唐의 두목杜牧은 〈대성곡
臺城曲〉에서 "문 밖에 한금호요, 누 위엔 장려화[門外韓擒虎, 樓頭張麗華]."라고 읊었다.

동경구 東京狗

유득공柳得恭의 〈동경회고東京懷古〉 시 주석에
보면 경주 산형은 북방이 허虛하여 꼬리가 짧은 개들이
많이 타어났으므로, 지금 풍속에 꼬리가 짧은 개를 일러 '동경'이라
한 것이 이 때문이다.[1] 동경여자들이 머리 뒤에 쪽을 찌고는 '북계北
髻'라 이름 했는데 또한 뒤를 막는다는 의미이다. 이 말은 어떤 기록
에 나오는지 모르겠다. 살피건대 《수서隋書》, 〈외이열전外夷列傳〉에
신라의 풍속은 부인이 머리에 변발을 두른다[2]고 했는데 매우 근거가
없는 것이다. 대개 본국의 풍속은 처녀들이 거의 북계를 하였고 이미
시집을 간 여자들은 변발을 하여 머리를 땋아 좌우의 한 쌍이 되도록

---

1 유득공의 … 때문이다 : 《이십일도회고시二十一都懷古詩》, '신라新羅' 조에 "경주 북방
이 허虛하였다. 그래서 개들이 대부분 꼬리가 짧은데, 이 개를 '동경구'라 일컫는다[慶
州北方虛缺. 故狗多短尾, 謂之'東京狗'].”고 하였다.
2 살피건대 … 두른다 : 《수서隋書》 권81, 〈동이열전東夷列傳〉 '신라新羅' 조에 "婦人辮髮
繞頭”라 하였다.

하여 정수리에 올린다. 이를 속칭 '다리[達義]'라 하는데 온 나라가 다 그러하다. 이 동경의 풍속이 과연 아직도 북계가 있는지 모르겠다.

동경의 개 꼬리가 짧아진 이래	東京狗尾短後,
동경의 처녀는 북계를 하였네.	東京女北髻首.
개는 꼬리가 짧아도 부를 수 있지만	狗短尾自可喉,
북계한 부녀는 시집 안 간 걸로 여긴다.	北髻女不可偶.
서울의 부녀들도 쌍다리를 하므로	南京女雙髻糾,
북계한 부인을 보면	見婦北髻.
처녀라 여기고	謂是室女,
부인으로 보지 않는다네.	不謂是婦.

황창랑 黃昌郎

살피건대 《경주부지慶州府志》에 다음의 기록이 있다. "황창랑黃昌郎은 신라 사람이다. 세상에 전하기를, 황창이 일곱 살에 백제에 들어가 저자거리에서 칼춤을 추니 구경하는 자들이 담처럼 둘러쌓았다. 백제의 왕이 그 말을 듣고 불러들여 보고서 당에 올라 칼춤을 추게 하였다. 황창은 이 틈에 왕을 찔렀는데 나라 사람이 그를 살해하였다. 신라 사람들은 그를 애도하여 그의 얼굴을 그려 가면을 만들어 칼춤을 추는 모양을 하였는데, 지금까지 전해온다."

또 살피건대 이첨李詹이 황창랑을 변증한 글에 다음의 기록이 있다. "을축년乙丑年(1385) 겨울, 경주에 객으로 머물렀는데 부윤府尹 배공裵公이 향악鄕樂을 베풀어 위로하였다. 가면을 쓴 동자童子가 뜰에서 칼춤을 추었는데, 배공에게 물었더니 이렇게 말하였다. '신라 때 황창이란 아이가 있었는데 나이 15, 16세에 칼춤을 잘 추었다. 그 아이가 임금을 알현하고 "신은 원컨대 왕을 위해 백제왕을 쳐서 왕의 원수를 갚

고자 합니다."라고 하니 왕이 허락하였다. 백제에 가서 큰 거리에서 춤을 추니 나라 사람들이 담처럼 둘러쌓았고 백제 왕이 그 소문을 듣고 궁중으로 불러 춤을 추게 하여 구경하였다. 황창이 그 자리에서 왕을 찔러 죽였는데 드디어 좌우 시종에게 죽임을 당하였다. 어머니가 그 소식을 듣고 통곡하다가 결국 눈이 멀었다. 어머니를 다시 눈 뜨게 하려는 이가 있어, 다른 자에게 뜰에서 칼춤을 추게 하고 속여 말하기를 "황창이 와 춤을 추네. 지난번 소문은 거짓이었군!"이라고 하니 어머니가 크게 기뻐하며 울다가 곧 다시 눈이 밝게 되었다. 황창이 어린 나이로 능히 죽음을 무릅쓴 일을 행하였기에 향악鄕樂에 실려 전해지고 있다.'"[1]

이 말은 조금 이치에 맞는 듯하다. 세상에 일곱 살 아이가 어찌 형가荊軻와 섭정聶政[2] 같은 일을 할 수 있겠는가? 우통尤侗이 지은 조선朝鮮 죽지사竹枝詞[3]에 다음 구절이 있다.

일곱 살 작은 아이 황창이	小兒七歲號黃昌,
칼춤을 추며 백제 왕을 베었네.	舞釰能誅百濟王.

이는 필시 전설을 따른 것으로, 잘못된 것이다.

---

1 이첨李詹이 … 있다 : 1345~1405. 이첨李詹은 자가 중숙中叔, 호는 쌍매당雙梅堂, 본관은 신평新平이다. 여말선초의 문신으로 공민왕 대에 관직에 나아간 이래 조선 태종 때 대사헌과 대제학을 역임했다. 문장과 글씨에 뛰어났으며 문집으로 《쌍매당협장집雙梅堂篋藏集》이 전한다. 황창랑에 관해 변증한 글은 현존 문집에 보이지 않는다. 다만 《신증동국여지승람》, 〈경주부〉, '관창官昌' 조에 이첨의 위 글이 인용되어 있다.

2 형가荊軻와 섭정聶政 : 중국 전국戰國 시대에 이름났던 두 자객.

3 우통尤侗이 … 죽지사竹枝詞 : '조선 죽지사'란 우통이 지은 〈외국죽지사外國竹枝詞〉 중의 '조선朝鮮' 편을 말한다. '조선' 편에 7언절구 4수가 실려 있는데, 그 네 번째 시에 황창랑과 회소곡의 내용이 함께 담겨 있다[小兒八歲號黃昌, 舞劍能誅百濟王. 更唱嘉俳會蘇曲, 朝來蠶績已盈筐.].

점필재佔畢齋 김종직金宗直은 〈황창랑가黃昌郎歌〉에서 이렇게 읊었다.

저기 저 사람 겨우 이 갈 나이를 지나	若有人兮纔離齠,
삼 척이 못 되는 키에 어찌 그리 씩씩한고.[4]	身未三尺何雄驍.

대저 이를 갈았다면 이미 일곱 살은 지났을 것이다. 그렇다면 마땅히 이첨의 말이 맞다고 하겠다.

찰그랑 찰그랑	郎當郎當,
왼쪽겐 피묻은 손가락 오른쪽엔 상처난 발.	左血拇右趾傷.
나는 듯 들어온 황창랑	翩然來者黃昌郎,
지난날 너는 긴 칼날 껴안고	昔爾擁長鋩.
가서 백제왕[5]을 찔렀으니	去刺沘河王,
너는 곧 진무양秦舞陽[6]이로다.	爾是秦舞陽.
진秦나라 강한 나라 어떻게 할까?	奈何秦國強,
사람이여 귀신이여 어쩔줄 모르네.	人乎鬼乎何倀倀.
네 어머니 피눈물로 기다릴 일 떠오르니	應憶爾孃血泣望,
서풍이 네게 불어 어머니 곁에 있게 하리.	西風吹爾置孃傍.
황창의 어머니여, 황창의 어머니여!	黃昌孃黃昌孃,

---

4 점필재 … 씩씩한고 : 김종직의 〈동도악부東都樂府〉7수 가운데 일곱 번째 시 〈황창랑〉의 1, 2구를 말한다[若有人兮纔離齠, 身未三尺何雄驍. 平生汪錡我所師, 爲國雪恥心無慘. 釰鐔擬頸股不戰, 釰鍔指心目不搖. 功成脫然罷舞去, 挾山北海猶可超.].

5 백제왕 : 원문은 ‘沘河王’으로 되어 있다. 비하沘河는 사비하泗沘河로, 부여 부소산 아래의 강을 말한다. (《신증동국여지승람》, 〈부여현〉)

6 진무양秦舞陽 : 전국戰國 시대 연燕나라의 용사勇士인데, 형가荊軻와 함께 진왕秦王을 죽이려 하였다.

앞의 말 잘못이니 믿지 않아도 돼요.　　　　前言誤爾不須信.

황창이 돌아와 춤을 추는데　　　　黃昌來舞兮,

어찌 곧 눈뜨지 않으리오!　　　　盍卽開眼眶.

효불효 孝不孝

세상에 전하기를, 신라 때 아들 일곱을 둔 과부가 있었는데, 사통私通하는 남자가 물의 남쪽에 있어 아들들이 잠든 것을 살피고 나서 그 곳을 왕래하였다. 아들들이 서로 말하기를 "어머니가 밤길에 물을 건너다니시니 아들로서 마음이 편할 수 있겠느냐?"라 하고 돌다리를 만들었다. 어머니는 부끄러워하여 행실을 고쳤다. 당시 사람들이 이 다리를 이름하여 '효불효孝不孝'라고 하였는데, 다리는 경주부 동쪽 6리에 있다.

남쪽 여울의 물	南灘之水,
흰 돌이 뾰죽뾰죽 있네.	白石齒齒.
차라리 다 없어져	寧與皆亡,
밟지 않게 됐으면.	而俾毋履.
요요鷕鷕히 우는 암꿩	鷕鷕鳴鷸,
저 숲속에 있네.	在彼苞蕭.

아들 일곱이 있어　　　　　　　　　有子七人,
고생하지 않게 하였네.　　　　　　而俾母勞.
너희들을 불효不孝라 이른다면　　謂而不孝,
그래도 스스로 보답하려는 것,　　猶庶自効.
너희를 효孝라고 이른다면　　　　謂而爲孝,
낯이 부끄러우리.　　　　　　　　有靦面頮.

유두연 流頭宴

동도東都(慶州)의 내려오는 습속習俗에 유월 십오 일에 동쪽으로 흐르는 물에 머리를 감았고 이어 계모임으로 술을 마셨는데 이를 유두연流頭宴이라고 했다.

대개 하삭河朔의 피서의 모임[1]을 따른 것인데 잘못 계모임으로 한 것이다.

유월이라 유두절流頭節   六月之中流頭節,
동경의 지붕들 서로 더위에 뜨겁도다.   東京屋霤相烘熱.

---

1 하삭河朔의 … 모임 : 하삭은 중국 황하 북쪽지방. 삼복더위를 피하여 어울려 술을 마시는 것을 하삭음河朔飮이라고 하였다. 후한後漢 말에 유송劉松이 원소袁紹의 자제와 하삭에서 삼복더위를 피하기 위해 밤낮으로 주연을 베풀고 취하여 만사를 잊은 채 지냈다는 고사가 있다. 당唐의 서견徐堅의 《초학기初學記》 권3, 〈피서음감량회避暑飮感凉會〉 주注 참조.

갓을 털고 옷을 떨치는 것 지체하지 말아라　　彈冠振衣莫須遲,
유상곡수流觴曲水[2]를 곧 마땅히 해야 하리.　　流觴曲水行當設.

----

2 유상곡수流觴曲水 : 궁중宮中의 후원後園에서 삼짇날 문무文武 백관百官이 곡수의 가에
  자리하고 있다가 임금이 띄운 술잔이 자기自己 앞에 오기 전前에 시를 짓고 잔을 들어
  술을 마시던 풍류風流놀이를 이르는 말.

시를 새긴 돌題詩石

합천陜川 해인사海印寺가 있는 골짜기를 세간世間에서는 홍류동紅流洞이라고 부른다. 골짜기 입구에 무릉교武陵橋가 있는데 다리를 건너 오륙 리쯤 가면 최고운崔孤雲[1]의 시를 쓴 돌이 있다. 시에 "쌓인 바윗돌 미친 듯 내닫고 겹겹의 산봉우리 부르짖게 하니, 사람의 말은 지척에서도 분간하기 어렵구나. 혹시나 세상 귀찮은 소식 내 귀에 닿아 올까봐, 짐짓 흐르는 물을 시켜 온 산을 눌러 덮게 했노라[狂奔疊石吼重巒, 人語難分咫尺間. 常恐是

---

1 최고운崔孤雲 : 857~?. 최치원崔致遠. 호는 고운孤雲·해운海雲. 868년(경문왕 8) 12세로 당나라에 유학하고, 874년 과거에 급제하고 879년(헌강왕 5) 황소黃巢의 난 때는 고변高騈의 종사관從事官으로서 〈토황소격문討黃巢檄文〉을 초하여 문장가로서 이름을 떨쳤다. 885년 귀국하고 894년 시무책時務策 10여 조條를 진성여왕에게 올렸다. 그 후 관직을 내놓고 난세를 비관, 각지를 유랑하다가 가야산伽倻山 해인사海印寺에서 여생을 마쳤다. 고려 현종 때 내사령內史令에 추증되었으며 문묘文廟에 배향, 문창후文昌侯에 추봉되었다.

非聲到耳, 故敎流水盡籠山]."[2]라고 했다. 훗날 이 때문에 그 돌을 이름
하여 '치원대致遠臺'라고 불렀다.

세상[3]은 난리로 어둡고	淮海風塵暗,
계림에는 황엽黃葉이 빈번頻繁하구나.	鷄林黃葉繁.
시를 써서 무딘 돌에게 준 것은	題詩與頑石,
돌이 진정 말이 없음을 믿었기 때문이라네.	謂是定無言.

---

2 쌓인 … 했노라 : 이 시의 국역國譯은 〈南北國時代와 崔致遠〉(이우성, 《韓國의 歷史像》,
  창작과 비평사, 1975, 159면)을 참조함.
3 세상 : 원문은 '淮海'인데 주로 중국을 일컫는 말이다.

상서장 上書莊

상서장上書莊은 경주부 남쪽 6리 금오산 金鰲山 북쪽에 있다. 신라말 최고운崔孤雲이 고려 태조에게 편지를 보냈는데, '계림鷄林은 누런 잎, 곡령鵠嶺은 푸른 솔'[1]이란 말이 있었다. 이를 신라왕이 듣고는 그를 미워했다. 후인들이 그가 거처하던 곳의 이름을 상서장이라 하였다.

김부식金富軾의 《삼국사기三國史記》 본전을 살펴보니 대략 이렇다. 최치원崔致遠의 자는 고운孤雲이니, 또 다른 자는 해운海雲이다. 열두 살에 당나라에 들어가 유학하였는데, 건부乾符 원년(874)에 예부시랑 禮部侍郎 배찬裴瓚[2] 아래에서 급제하여 율수현위溧水縣尉에 조용되었

---

1 계림鷄林은 … 푸른 솔: 원문은 "鷄林黃葉鵠嶺靑松"인데 계림鷄林은 신라의 수도 경주 慶州를, 곡령鵠嶺은 고려의 수도 송악松嶽을 가리킨다. 신라의 기운이 쇠하고 고려의 기운은 창창하게 새로 일어난다는 뜻이다.

2 배찬裴瓚: 당나라 말기의 관리. 874년 예부시랑禮部侍郎으로서 지공거知貢擧가 되어, 최치원을 빈공과賓貢科에 선발한 인물이다.

상서장_경상북도 경주시 인왕동 소재. 조선왕조 고종 때 상서장 터로 알려진
금오산 자락에 건립한 것이다.

고, 업적을 평가받아 승무시랑 어사내공봉承務侍郎御史內供奉이 되고
자금어대紫金魚袋[3]를 하사받았다. 외직으로 나가 제도병마도통諸道兵
馬都統 고변高駢[4]의 종사從事가 되었는데, 표장表狀과 서계書啓는 모
두 그의 손에서 나왔다. 황소黃巢[5]를 치는 격문檄文에 '다만 천하 사

3 자금어대紫金魚袋 : 어대魚袋는 관등官等에 따라 금·은·옥 등으로 만든 어부魚符 즉
물고기 모양의 장신구를 넣어서 차고 다니던 주머니를 가리킨다. 당나라 궁정에서 3품
이상은 자색紫色 관복官服에 금으로 만든 어부를 넣은 자금어대紫金魚袋를 착용하고,
4품은 비색緋色 관복에 은으로 만든 어부를 넣은 비은어대緋銀魚袋를 착용했다.

4 고변高駢 : 당나라 말기의 관리. 자는 천리千里. 금군禁軍 장교에서 출발하여 안남도호安
南都護·정해군절도사靜海軍節度使 등을 역임하였다. 황소黃巢의 난 때 형세를 관망하다
가 결국 조정으로부터 관직을 삭탈당했다. 훗날 신선방술神仙方術에 빠져 군무軍務를
소홀히 한다는 혐의를 받고 부하 장수 필사탁畢師鐸 등에게 살해당하였다.

5 황소黃巢 : ?~884. 당나라 말기의 농민 반란 주모자. 과거에 낙방하고 소금 장사를
하던 차에, 왕선지王仙芝가 난을 일으키자 이에 호응하여 난을 일으켰다. 산동에서 광동

람들이 모두 드러나게 죽일 것을 생각하는 것만이 아니고, 땅속의 귀신들도 이미 은밀히 벨 것을 의논하고 있다'라는 말이 있어, 황소는 이 때문에 섬뜩 두려워했다고 한다.

중화中和 5년(885)에 조서를 받들고 귀국하였다가, 머물러서 시독 겸 한림학사 수 병부시랑侍讀兼翰林學士守兵部侍郎이 되었다. 고운은 서쪽으로 대당大唐에서 벼슬하고, 동쪽으로 고국에 돌아올 때까지 모두 난세를 만나 불우한 생활 속에 더 나아가지 못하고, 다시 벼슬길에 진출할 뜻이 없었다. 식솔을 거느리고 가야산伽倻山에 은거하였는데, 모형母兄 승려 현준賢俊 및 정현定玄 스님과 더불어 방외方外의 교유 交遊를 행하며 한가하게 지내다가 노년을 마쳤다. 고려 현종顯宗 때 내사령 문창후內史令文昌侯를 추증追贈하고 문묘文廟에 종사從祀하였다. 가야산은 지금 합천군陜川郡의 속현屬縣 야로현冶爐縣 북쪽 30리에 있다. 고운이 지은 사륙문四六文 한 권과 《계원필경桂苑筆畊》 20권이 있다는 기록이 《신당서新唐書》〈예문지藝文志〉에 실려 있다.

비어자대飛魚紫帶[6]로 궁벽한 곳에 돌아와	飛魚紫帶返窮荒,
고목 같은 절간 생활, 석양에 암담黯淡해 하네.	枯木禪居黯夕陽.
한 조각 계림鷄林[7] 누런 수풀 속에	一片鷄林黃葉裏,
지나는 사람 이를 가리켜 상서장이라 하네.	行人指是上書莊.

을 거쳐 마침내 수도 장안을 점령하고, 881년 황제의 자리에 올라 나라 이름을 대제大齊라 하였다. 884년 병마사 이극용李克用에게 패하여 죽었지만, 10년간 계속된 황소의 난은 당나라가 망하는 주요 원인이 되었다.

6 비어자대飛魚紫帶 : 자금어대紫金魚袋를 가리킴.

7 계림鷄林 : 본디 경주에 계림鷄林 혹은 시림始林이라 불리는 숲이 있으나, 여기서는 신라 사회 전반을 가리키는 표현으로 사용된 것이다.

절영마 絶影馬

절영도絶影島는 동평현東平縣에서 남쪽으로 8리里 되는 곳에 있다. 지금은 동래부東萊府에 속해 있으며 명마名馬의 산지産地이다.[1] 고려高麗 태조太祖 천수天授 9년(926)에 후백제後百濟 왕 견훤甄萱이 사신을 보내 절영마를 되돌려 달라고 청하였다. 이보다 앞서 견훤은 고려에 절영도의 명마를 보냈었다. 이 때에 이르러 참언讖言을 듣게 되었는데 '절영도의 명마가 이르면 백제가 망하리라'라는 말이 있었다. 사람을 시켜 되돌려주기를 청하자 태조가 웃으며 허락하였다. 지금도 섬 내에 여전히 목장을 두고 양마良馬를 생산하고 있다.

----

1 절영도絶影島는 … 산지産地이다 : 절영도는 지금의 부산시 영도구에 속하는 섬이다. 영도影島라고도 하며, 명마의 산지였기에 목도牧島라고도 일컬어졌다.

금빛 띠 두른 머리, 철 소반 같은 발굽	金絡頭鐵盤踝,
오면 받을 뿐, 떠난들 어쩌랴.	來斯受之去則那.
새옹塞翁의 운수[2]를 누가 다시 알리오?	塞翁倚伏誰復知,
미소 지으며 돌려주니 참으로 왕답도다.	莞爾遺之眞王者.
그대는 듣지 못하였나.	君不聞
황산黃山의 절에서 등창이 나고	黃山佛舍背發疽,
변란이 골육 간에 일어나 나라를 넘겨주었음을.[3]	變生骨肉移宗社.
사람들의 말, '하물며 곡령청송鵠嶺靑松[4]을 들었음에랴'	人言況聞鵠嶺松,
천명이 절영도의 명마에 달려있는 것은 아니라네.	天命不在絶影馬.

---

2 새옹塞翁의 운수 : 저본의 '倚伏'은 《노자老子》의 "재앙은 복이 기대는 바요, 복은 재앙이 숨는 바이다[禍兮福之所倚, 福兮禍之所伏]."에 출전을 둔 말이다. 즉 '화복禍福'을 뜻하는데, 새옹과 관련하여 '운수運數'라고 옮겼다.

3 황산黃山의 … 넘겨주었음을 : 견훤甄萱을 몰아내고 스스로 왕위에 오른 신검神劍은 936년 고려에 항복하였다. 이때 황산의 어느 절에 유폐되어 있던 견훤은 소식을 전해 듣고 분하게 여긴 나머지 등창이 난 지 며칠만에 죽었다. 여기서 '골육'은 견훤과 신검 부자父子를 뜻한다.

4 곡령청송鵠嶺靑松 : 곡령은 개성 송악산松岳山의 별칭이다. 최치원이 고려 태조에게 고려가 흥하고 신라가 쇠할 것임을 암시하는 "鵠嶺靑松, 鷄林黃葉."이라는 글을 올렸다고 한다. 《신증동국여지승람新增東國輿地勝覽》권12, '경기京畿 강화도호부江華都護府' 조.

구인랑 蚯蚓郎

살피건대 《문경현지聞慶縣志》에 무진촌 武珍邨 사람에게 딸이 있었는데 자태·용모가 단정하였다. 매양 자줏빛 옷을 입은 남자가 침소에 이르러 교접을 하고 갔다. 여자가 기이하게 여겨 바늘 실로써 그의 옷에 꿰어 놓았다. 날이 밝음에 실을 따라 북쪽 담장 밑에 이르러 그곳을 파보니 큰 지렁이 허리에 실이 꿰어 있었다. 이로 인하여 임신을 하게 되었는데 이 여인이 견훤 甄萱을 낳았다고 한다.[1]

붉은 방포에, 띠를 두른 허리	紫方袍練帶腰,
그대가 토룡[2]의 아들	汝是土龍子,

---

1 살피건대 … 한다 : 《삼국유사三國遺事》 권2, 〈기이紀異〉2, '후백제後百濟 견훤甄萱' 조에 보인다.

2 토룡土龍 : 《오주연문장전산고五洲衍文長箋散稿》, 〈경사經史〉1, '예기禮記' 조에 "지렁

나아가매 오직 두려움을 발하네.　　　　　進惟懍發悸.

가은현加恩縣 작은아이 아비가 밭갈 때　　　加恩小兒父耕耰,

호랑이가 와서 젖을 주는 것 인력이 아니라네.[3]　於菟就乳非人謀.

밤이 되어 실을 꿰매며 너의 짝을 삼았으니　當宵穿縷作汝好,

그를 들어 까마귀 밥으로 삼지 않음이 후회로워라.　悔不擧汝飤烏鳥.

이는 인련이라고도 쓰는데, 속어로는 토룡이며 우리말로는 지룡이다 [蚯蚓一作蟒, 俗呼土龍, 我東方言地龍].”라고 한 것으로 보아, 토룡土龍은 '지렁이'를 이르는 말.

3 가은현加恩縣 … 아니라네 : 《삼국유사三國遺事》 권2, 〈기이紀異〉 2, '후백제後百濟 견훤甄萱' 조에 “견훤이 젖먹이 시절 그의 부친이 들에서 밭을 갈고 있을 때, 그의 어미가 부친에게 밥을 갔다 주려 하여 아이를 수풀 아래에 두었더니 범이 와서 젖을 먹였다 [初萱生孺褓時, 父耕于野, 母餉之, 以兒置于林下, 虎來乳之].”라고 하였다.

삼분수 三分水[1]

삼차수三叉水는 김해부 동쪽 10리 되는 곳에 있다. 《금관군지金官郡志》에 "낙동강이 남쪽으로 흘러 부의 북쪽 뇌진磊津에 이르고 다시 동쪽으로 흘러 옥지연玉池淵이 되고 황산강黃山江이 된다. 또 남쪽으로 흘러 김해부 남쪽 취량鷲梁에 이르러 바다로 들어가 예성강 물과 합치니, 조수潮水가 국맥을 감싸고 지겸地鉗[2]이 서로 응한다. 이로 인해 고려 문종文宗 때에 본부를 오도 도부서 본영五道都部署本營으로 삼았다. 그 후에 도부서사都

---

1 삼분수三分水 : 《세종실록》〈지리지〉 경상도 진주목 김해도호부조에 의하면 "고려에서 처음으로 동남해도 도부서사東南海道都部署使를 설치하고 사司를 김해金海에 두었는데, 그 뒤에 도부서사 한충韓沖이 동남해도가 땅이 넓은 까닭에 경상·전라·양광楊廣(충청) 세 도로 나눌 것을 청하였다. 허락이 통보되던 날에 부府 동쪽 황산강黃山江 물이 50여 리를 세차게 내질러 부딪쳐서, 세 포浦로 나누어 바다로 들어갔다. 세속에서는 세 갈래 물[三叉水]이라고도 한다."라고 되어 있다.

2 지겸地鉗 : 지겸은 산과 물, 지세가 맞물려 서로 응하는 경우를 말한다.

部署使 한충韓冲이 도내道內가 넓고 멀다고 조정에 아뢰어 세 도로 나누어 본영을 설치하게 되었는데 그날 저녁 황산강 물이 셋으로 나뉘어 바다로 들어갔기 때문에 삼분수三分水라 부르게 되었다. 또 삼차수三叉水라 하기도 한다."라고 하였다.

황산강 물줄기	黃山步,
어제는 한 줄기로 흘러오더니	昨日一條來,
오늘은 세 갈래로 흘러가네.	今日三叉去.
셋으로 나뉘어도 나쁠 것 없지만	三叉自不妨,
나라의 운수 끝나는 것이 아닐까.	無乃國服除.
아아, 나라 사람들	嗟嗟乎邦人,
삼부서 설치한 일 후회스러워 하네.	悔設三部署.

능화봉 陵華峯

 능화봉陵華峯은 사천현泗川縣 남쪽 30리 지점에 있는데, 고려 안종安宗의 장지가 그 봉우리 아래에 있었다.

이전에 경종景宗의 비妃였던 황보씨皇甫氏[獻貞王后]가 사저私邸로 나가 지냈는데, 일찍이 꿈에 곡령鵠嶺에 올라 오줌을 누니 넘쳐흘러 국중國中이 전부 은빛 바다가 되었다. 점을 쳐보니 "아들을 낳으면 왕이 되어 한 나라를 차지하게 될 것이다."라고 말함에, 왕비가 말하기를 "내가 이미 과부가 되었는데, 어떻게 아들을 낳겠는가?"라고 하였다. 종실宗室 욱郁은 태조太祖의 여덟 번째 아들인데, 사는 곳이 왕비의 사저와 가까웠다. 이 때문에 왕비와 서로 왕래하다가 정을 통하여 왕비가 임신을 하게 되었다.

성종成宗 때에 왕비가 욱의 집에서 자고 있었는데, 집안사람들이 뜰에 섶을 쌓아 놓고 불을 질렀다. 백관百官이 달려와 구제하였고 성종 또한 빨리 가서 그것을 물어보니, 집안사람이 사실대로 아뢰었다.

왕비가 부끄러워하고 한탄하면서 자기 집으로 돌아올 무렵, 겨우 문에 이르자다자 산기産氣가 있어, 문 앞의 버드나무 가지를 휘어잡고 아이를 낳고는 죽었다. 인하여 왕이 보모保姆를 택하여 그 아이를 기르게 하다가 마침내 욱에게 돌려주니, 이 아이가 바로 현종顯宗이었다.[1]

드디어 욱을 사천현泗川縣에 귀양보냈는데, 욱은 문사文詞를 잘 지었으므로 압송押送하던 내시內侍 고현高玄에게 다음과 같은 시를 주었다.

그대와 함께 같은 날 황기皇畿[2]를 떠났는데	與君同日出皇畿,
그대는 이미 먼저 떠나건만 나는 아직 돌아가지 못하네.	君已先歸我未歸.
객지 감방에 잔나비같이 갇힌 것을 자탄하면서	旅檻自嗟猿似鑠,
여정旅程 떠나는 곳에 도리어 나는 듯 달리는 말이 부럽네.	離亭還羨馬如飛.
황성 봄날에 영혼은 꿈으로 만나고	帝城春色魂交夢,
바닷가 풍광 속에 눈물 홍건히 옷깃 적시네.	海國風光淚滿衣.
임금의 한 마디 약속 응당 고치지 않으시리니	聖主一言應不改,
나로 하여금 고향 낚시터에 돌아가 늙게 하리라.	可能使我老漁磯.

---

1 이전에 … 현종顯宗이었다 : 《고려사절요高麗史節要》제2권, '성종成宗 문의대왕文懿大王 임진 11년(992)' 조에 다음과 같은 내용이 있다. "秋七月, 流郁于泗水縣, 郁太祖第八子, 其第與景宗妃, 皇甫氏私第相近. 景宗薨, 妃出居, 嘗夢登鵠嶺, 旋流溢國中, 盡成銀海. 卜之, 曰: '生子則王有一國.' 妃曰: '我旣寡, 何以生子?' 後郁遂烝有娠, 人莫敢言, 妃戴宗女也. 一日, 妃宿郁第, 家人積薪于庭而火之, 火方熾, 王亟往問, 知其由, 以郁犯義, 流之. 妃還其第, 纔及門胎動, 攀門前柳枝, 免身而卒. 王爲擇傳姆, 養其兒, 兒至二歲, 召見, 姆抱以入. 仰視王, 呼云爺, 就膝上, 捫衣襟, 又再呼爺, 王憐之, 涕出曰: '兒慕父耶?' 乃送于泗水, 以歸郁, 兒卽詢也."

2 황기皇畿 : 원래 도읍에서 500리 안에 있는 지역을 말하는데, 이 시에서는 수도 개성을 가리킨다.

또 지리에 조예가 깊어 일찍이 은밀히 현종에게 돈 한 주머니를 보내면서 말하기를 "내가 죽거든 이 돈을 술사術師에게 주어 나를 사천현 성황당 남쪽 귀용동做龍洞에 장사를 치르게 하라."라고 하였다. 욱은 마침내 유배지에서 죽고 현종이 그의 말과 같이 장사지내주었다. 즉위함에 욱을 효목대왕孝穆大王으로 추존하고 묘호廟號를 안종安宗이라 했으며 후에 건릉乾陵으로 이장하였다.

능화동陵華洞 풀들 흐트러지게 무성한데　　　　陵華洞草茸茸,
하얀 조旐 붉은 정旌[3] 먼 봉우리로 오네.　　　素旐丹旌來遠峯.
언제 문 앞에서 꺾인 버드나무 아파했던가　　幾日門前傷折柳,
다른 날 은빛 바다에 아련히 용이 날았네.　　　它年銀海謾飛龍.

---

3 하얀 조旐 붉은 정旌 : 운구運柩 때 앞세우는 깃발을 가리킨다.

정과정 鄭瓜亭

〈정과정鄭瓜亭〉은 영남嶺南의 사곡명詞曲名이다. 고려 의종毅宗 때 정서鄭敍[1]는 공예태후恭睿太后[2] 여동생의 남편으로서 이로 인해 인종仁宗에게 총애를 받았다. 참소를 입고 해직되어 전리田里로 돌아가게 되었는데, 떠나려고 할 때 왕[毅宗]이 말하기를 "장차 곧 소환하겠다."라고 했으나, 오래도록 소명召命이 오지 않았다. 이에 정자를 짓고 오이를 심고서 금琴을 타며

---

1 정서鄭敍: 고려 인종·의종 때 사람. 본관은 동래東萊, 호는 과정瓜亭. 음관蔭官으로 출사하여 정5품 내시낭중內侍郎中에 이르렀다. 의종 5년(1151) 대녕후大寧侯 경暻을 왕으로 추대하려 한다는 참소를 입고 동래와 거제 등지에 유배되었다. 의종은 곧 다시 부르겠다고 했으나 아무리 기다려도 소식이 없자, 이에 〈정과정곡鄭瓜亭曲〉을 지었다고 한다. 그가 귀양에서 풀려난 것은 무신난이 일어나 의종이 쫓겨나고 명종이 즉위한 뒤였다.

2 공여태후恭睿太后: 1109~1183. 고려 인종의 비妃. 중서령 임원후任元厚의 딸이며 문하시중 이위李瑋의 외손녀이다. 인종 4년(1126)에 이자겸李資謙의 두 딸이 축출된 뒤, 연덕궁주延德宮主로 봉해졌다가 1129년 왕비로 책봉되었다. 의종·명종·신종·대녕후大寧侯는 태후의 소생이며, 죽은 뒤 순릉純陵에 장사지냈다. 시호는 공예恭睿이다.

정과정_옛터에 오늘날의 모습으로 세워진 정과정. 부산시 수영구 망미동에 있다.

노래를 지어 임금을 그리는 뜻을 붙였는데, 그 가사가 매우 슬프고 원
망하는 내용이었다. 스스로 과정 악부瓜亭樂府라 불렀다. 정자는 동래
부東萊府 성 남쪽 10리에 있었는데, 그 터가 지금도 완연하다.

익재益齋 이제현李齊賢이 일찍이 시를 지어 풀이하기를

임 그리워 옷깃 적시지 않는 날 없으니	憶君無日不霑衣,
이 신세 바로 봄 산의 접동새 같네.	正似春山蜀子規.
옳다 그르다 사람들이여 묻지 마라	爲是爲非人莫問,
다만 지는 달과 새벽별이 알아주리라.	祇應殘月曉星知.

라고 하였고, 또 유숙柳淑[3]의 시에는

타향에서 나그네 되어 머리가 다 희었지만　　他鄉作客頭渾白,
가는 곳마다 만나는 사람 반가운 눈이라.　　到處逢人眼偏靑.
맑은 밤 그윽이 달빛은 창에 가득한데　　淸夜沈沈滿窓月,
비파 한 가락 〈정과정〉이라네.　　琵琶一曲鄭瓜亭.

라고 읊었다.

봉래관蓬萊館⁴ 밖에 비가 내려 어둑한데　　蓬萊館外雨冥冥,
위봉루威鳳樓⁵ 앞의 사성使星⁶이 끊어졌네.　　威鳳樓前絶使星.
어디가 가장 유배객의 한을 잘 담았던고　　何處最堪論客恨,
비파 한 가락 〈정과정〉이라네.　　琵琶一曲鄭瓜亭.

---

3 유숙柳淑 : 1324～1368. 고려 말의 문신. 자는 순부純夫, 호는 사암思菴. 17세에 과거에
　　급제하여 안동사록安東司錄을 역임하고, 원나라에 가서 강릉대군江陵大君(후일의 공민
　　왕恭愍王)을 시종하였다. 공민왕이 즉위한 뒤에 우대언右代言·좌사의대부左司議大夫·
　　정당문학政堂文學 등을 역임하였다. 홍건적의 난과 홍왕사의 난에 공을 세워 안사공신
　　安社功臣에 녹훈되기도 하였다.
4 봉래관蓬萊館 : 동래부東萊府의 객사를 말하는 것이나, 이 경우에는 넓은 의미로 동래
　　지방을 가리키는 듯하다.
5 위봉루威鳳樓 : 고려 왕실의 정궁正宮인 연경궁延慶宮 안에 있던 건물. 정전正殿인 건덕
　　전乾德殿 바로 아래에 있었다.
6 사성使星 : 임금이 보낸 사자使者를 가리키는 말.

두 가마솥 안의 시신 兩釜屍

고려 정중부鄭仲夫의 난亂[1]에 의종毅宗은 거제도巨濟島로 쫓겨나 있었다. 이윽고 동북면東北面 병마사兵馬使 김보당金甫當과 녹사錄事 장순석張純錫・유인준柳寅俊 등이 군사를 일으켜 왕[2]을 받들고 나와 경주慶州에 머물렀다. 정중부가 이 소문을 듣고 장군 이의민李義旼을 보내어 장순석 등을 죽였다. 이

---

1 정중부鄭仲夫의 난亂 : 고려 의종 24년(1170)에 정중부가 중심이 되어 일어난 무인란을 가리키는데, 경인년庚寅年에 일어났다고 해서 '경인의 난'이라고도 한다. 고려 초기 문반 귀족층이 정치권력을 독점하였고 병마권까지 장악했다. 게다가 부가 대부분 문반귀족층에게 독점되고 있었다. 이러한 사회・경제 상황으로 인해 민의 대규모 유망현상이 일어났고, 무인들은 문반정권에 대해 불만이 고조되었다. 이러한 상황에서 의종은 문신들과 함께 유흥으로 세월을 보냄에 따라 정치기강이 문란해지고 국가재정이 낭비되었고, 백성들로부터의 착취가 가중되었으며, 무인들에 대한 천대도 극에 달했다. 그리하여 1170년 8월 무인인 대장군 정중부는 의종이 문신들과 보현원에 가게 되었을 때 이의방李義方・이고李高와 함께 거사하였다.

2 왕 : 저본에는 '前王'이라고 되어 있는데, 번역상 어색하여 '왕'이라고 번역하였다. 여기서 왕은 의종毅宗을 가리킨다.

의민은 왕을 끌고 곤원사坤元寺 북쪽 연못가에 이르러 손으로 왕의 등뼈를 부러뜨려 시해하여 그 시신을 요에 싸서 두 개의 가마솥을 합쳐 연못 속에 던져버렸다. 절의 중 가운데 헤엄을 잘 치는 자가 가마솥만을 취하고 시신을 내버렸는데, 그 시신이 물가로 나오자 물고기와 자라와 까마귀와 솔개가 감히 뜯어먹지 못했다. 호장戶長 필인弼仁 등이 관을 마련하여 물가에 장사지내 주었다.

임금인가, 물고기인가	君乎魚乎,
어찌 못 속에 있는가.	胡爲乎池瀦.
사람인가, 악귀인가	人乎厲乎,
구레나룻 풍성했던 자	豐肜之子,
어찌 그 발등을 피로 물들였는가.	胡血其跗.
주유옥갑珠襦玉匣[3] 비록 쓰지 못했지만	珠襦玉匣雖已矣,
어찌 차마 가마솥 두 개를 합쳤단 말인가.	合之二釜胡忍歟.
못가엔 삼 일 동안 까마귀 날지 않았는데	池邊三日絶飛鳥,
절의 중 쇠붙이 훔친 것 그야말로 죽일 놈.	寺僧竊鐵其誅焉.
아!	嘻噫乎,
이 재앙의 빌미 만든 것 누구의 책임인가	爲此厲階誰任且,
그 당시 견룡牽龍[4]의 수염 잘못 불사른 것이라네.[5]	當年誤熱牽龍鬚.

---

3 주유옥갑珠襦玉匣 : 주유는 구슬을 꿰어 장식한 짧은 의복을 가리키는데, 중국 고대 황제나 황후가 입었다. 또는 중국고대 황제나 황후, 귀족들의 염복殮服을 가리키기도 한다. 옥갑은 옥으로 된 관인데, 한漢나라 때 왕을 장사 지낼 적에 쓰던 도구이다. 이것을 대신大臣에게 하사하여 후한 뜻을 보여주기도 했다.

4 견룡牽龍 : 고려시대 위사衛士(대궐을 지키던 경비 장교)의 하나. 여기서는 견룡이었던 정중부를 가리킨다.

5 그 당시 … 것이라네 : 인종仁宗시절 궁정의 나례儺禮에서 김부식金富軾의 아들 김돈중金敦中이 정중부의 자부심이었던 수염을 촛불로 태웠던 사건이 있었다.(《고려사절요》 제10권, 인종 공효대왕 2(仁宗恭孝大王二) 갑자년(1144, 인종22) 참조)

대혼자 大昏子

《보한집補閑集》을 살펴봄에 중 무기無己는 대혼자大昏子라 자호自號하고 함양의 지리산에 숨어 살았다. 장삼 한 벌로 30년을 지냈는데 매년 겨울과 여름에는 밖에 나가지 않고 뱃가죽을 걷어 올려 허리띠에 졸라 매고 지냈으며, 봄가을에는 배를 두드리며 산중에 노닐었다. 하루에 서너 말의 밥을 먹고 한 번 좌정하면 반드시 열흘을 넘겼다. 일어나 걸을 때면 낭랑한 소리로 게偈를 지어 읊었다. 산 중에 칠십여 암자가 있었는데, 매양 한 암자에서 먹고 나면 그때마다 게를 한 수씩 남겼다. 그가 무주암無住菴에 남긴 게는 다음과 같다.

이곳은 본래 머무는 이 없다 했는데	此境本無住,
어떤 사람이 이 당을 지었는고?	何人起此堂.
오직 무기란 자가 남아 있어	惟餘無己者,
가고 옴에 본디 구애됨이 없다네.	往來本無妨.

대혼자가 발혼發昏 할 때는	大昏子發昏時,
허리띠로 묶은 하나의 뱃가죽이오,	束帶索一肚皮.
대혼자가 세상에 나갈 때는	大昏子出世時,
오대령五臺嶺에 한 켤레 철혜鐵鞋라네.	五臺嶺雙鐵鞋.
한 말의 밥도 배부르지 않고	不飽一斗飯,
한 벌의 장삼도 더 가지지 않네.	不補一衲衣.
말하자면 풍진 속의 사나이오,	道是風塵子,
포더布袋로 사는 중[1]이라네.	道是布袋師.
아! 원래 머무름이 없는 자	咦由來無住者,
무기는 누구였다고 말할 건가?	無己道爲誰.

---

1 포대布袋로 … 중: 원문의 '布袋師'는 중국 후량後梁의 고승인 포대화상布袋和尙을 말한
다. 그는 배가 불룩하게 나온 뚱뚱한 몸에 지팡이를 들고 온갖 일용품을 담은 포대布袋
를 둘러메고 거리를 다니며 남의 길흉과 날씨를 점쳤다고 한다.

금시랑 琴侍郎

금의琴儀는 봉화인奉化人으로 체모體貌가 기이하고 시원하며 글을 잘 지었고, 사람의 면전面前에서 꾸짖는 것을 꺼리지 않았다. 고려 강종康宗 원년, 금나라의 책사冊使[1]가 올 때에 의봉루儀鳳樓[2]의 정문으로 들어오고자 하거늘, 금의가 "천자가 사방의 산악을 순수巡狩하는 것은 예로부터 있었으니, 만약 황제께서 소국小國에 행차하신다면 마땅히 어느 문으로 들어와야 합니까?"라고 하였다. 금나라 책사가 말하기를 "천자가 출입할 때 정문을 두고 어느 문으로 들어오겠습니까?"라고 하였다. 금의가 "그렇

---

1 책사冊使 : 중국에서 천자天子의 칙명勅命을 받아 번국藩國에 나가서 봉작封爵을 전달하는 사절使節.

2 의봉루儀鳳樓 : 처음 이름은 신봉루神鳳樓였으며, 즉 연경궁延慶宮의 대루大樓이다. 태묘太廟에 제사 지내거나 연등대회燃燈大會와 팔관회 때에는 임금이 이 누에 나와서 계간鷄竿을 높이 세우고 대사면大赦免을 하며, 중 수만 명에게 밥을 먹이고 중앙과 지방에 대포연大酺宴을 하사하기도 하였다.

다면 신하로서 임금이 출입하는 정문을 들어가고자 하는 것이 옳겠습니까?"라고 하니, 금나라 책사가 크게 감복하여 이에 서문으로 들어갔다. 고종高宗때에 이르러 최충헌崔忠献이 국정을 농단하면서 별제別第로 옮겨든 적이 있는데, 칼과 창으로 무장한 호위 병사들이 수리數里에 뻗쳐 있었다. 금의는 이때 추밀사樞密使가 되어 또한 따라가니, 당시 사람들이 이것을 비루하게 여겼다.

금시랑琴侍郎,	琴侍郎,
자못 굳세었네.	頗剛伉.
지난날 낙기복落起復[3]에	往日落起復,
금나라 사신 실로 감당하기 어려웠네.	詔使實難當.
평탄한 의봉루儀鳳樓길에서	平平鳳儀路,
한 마디 말로 오만함을 꺾었다네.	片言折其强.
금시랑,	琴侍郎,
지금은 무엇을 두려워하나.	今何慄.
우봉牛峰의 적자賊子[4] 죄를 용서할 수 없는데,[5]	牛峰賊子辜罔赦,
어찌 대신大臣인 추밀관으로	豈有大臣樞密官,
스스로 하인과 더불어 그 수레를 따라갔나.	自同皂隷爲從駕.
도방都房과 별초別抄[6] 누가 주인이고 신하이던가?	都房別抄誰主臣,

---

[3] 낙기복落起復 : 기복起復은 상복을 벗고 출사出仕하여 상중에 국사를 보는 것을 말하는데, 낙기복落起復은 기복起復이 끝났음을 뜻한다. 고려 임금이 상주가 되면 금金에서 사신을 보내어 기복하기를 명하고, 삼년상이 끝나면 다시 사신을 보내어 기복을 파하게 하는 것을 말한다.

[4] 우봉牛峰의 적자賊子 : 본관이 우봉牛峰인 최충헌崔忠献을 가리킴.

[5] 용서할 … 없는데 : 원문은 '罔赦'로 용서할 수 없을 정도의 큰 죄를 말한다.

[6] 도방都房과 별초別抄 : 도방都房은 고려 무신집권 때 가병家兵으로 조직된 권력 기구의 하나로, 최이崔怡의 내도방과 최충헌崔忠献의 육번도방六番都房을 외도방이라 하여 이

어사대의 늙은 서리 몰래 비웃고 욕하였네.	西臺老胥竊笑罵.
금시랑,	琴侍郞,
둘로 나눠진 사람[7]	兩截人,
예전의 강직함 응당 참이 아니었구나.	向之伉直應非眞.

를 아울러 일컫는 것이다. 별초別抄는 고려 최씨 무신정권의 사병私兵과 같은 역할을 담당한 국가 상비군을 말하는 것으로, 좌별초左別抄·우별초右別抄·신의군神義軍으로 조직되어 있다. 실제 최씨의 신변 호위를 목적으로 창설된 도방의 군사와 다름없었으며, 최충헌의 아들인 최우崔瑀 집권기에 생겨나서 무신 정권이 몰락하고 몽고에 항복하자 항몽 운동을 일으키다 실패한 뒤 폐지되었다.

7 둘로 … 사람: 원문은 '兩截人'으로, 앞과 뒤가 다른 사람을 가리킴.

안회헌 安晦軒

안유安裕[1]는 흥주興州[지금의 순흥부順興府이다] 사람이다. 원종元宗[2]초에 과거에 합격하여 여러 벼슬을 거쳐 중찬中贊[3]에 이르렀다. 학교가 날로 쇠퇴함을 걱정하여 양부兩府[4]에 건의하기를 '양현고養賢庫가 고갈되어 학생을 가르치고 기르는 바탕을 삼을 수 없으니 백관百官들에게 은포銀布를 차등 있게 내도록 하여 섬학전贍學錢으로 삼도록 하자'라고 하였다. 이에 왕 또한 내고內庫[5]의 재물을 내어 도왔다. 남은 재화는 중국으로 보내 공자孔

---

1 안유安裕: 1243~1306. 자는 사온士蘊. 초명이 '유裕'였다가 '향珦'으로 개명하였는데, 조선시대에 들어와 문종文宗의 이름과 같아 이를 피하여 초명인 '유'로 다시 고쳐 부르게 되었다. 우리나라에 주자성리학을 처음으로 들여왔다.
2 원종元宗: 고려 제24대 왕. 재위 1259~1274.
3 중찬中贊: 고려 중기 통치 기구인 첨의부僉議府의 수상을 일컫는 말.
4 양부兩府: 중추원中樞院과 첨의부를 함께 일컫는 말.
5 내고內庫: 고려 때 왕실재정을 담당한 관청.

안향 영정_ 국보 제111호로, 경상북도 영주 소수서원에 소장되어 있다.

子와 70제자의 화상畵像을 그려 오고, 또 제기祭器·악기樂器·육경六經·제자서諸子書를 구입해 오도록 하였다. 이에 경전을 궁구하고 수업하는 칠관십이도七管十二徒[6]의 학생들 수가 백百으로 헤아리게 되었다.

만년에는 항상 회암晦庵[朱子] 선생의 진영眞影을 걸어두고 경모景慕를 다하여 드디어 회헌晦軒이라는 호號를 썼다. 충숙왕忠肅王 6년에 문묘에 종사되었으며 시호는 문성文成이다.

<table>
<tr><td>안회헌, 도道의 높음이여</td><td>安晦軒道之尊.</td></tr>
<tr><td>생도 칠관의 문이 열렸네.</td><td>生徒七管門.</td></tr>
<tr><td>책상 앞에는 회암의 초상</td><td>牀前晦菴眞,</td></tr>
<tr><td>중원의 예악이 동방으로 들어와서</td><td>中原禮樂歸東藩,</td></tr>
<tr><td>우리나라 사람들, 이기理氣의 본말을</td><td>鄉人理氣窮委源.</td></tr>
<tr><td>궁구하게 되었네.</td><td></td></tr>
</table>

---

6 칠관십이도七管十二徒 : 고려시대 국립교육기관인 국자감과 12개의 사학을 일컫는 말. '칠관'에 대해서는 일곱 종류의 학문을 가리킨다는 설도 있고, 7재齋(건물)를 가리킨다는 설도 있다.

황마포 黃麻布

고려 충렬왕忠烈王 때에 채모蔡謨가 경상도 慶尙道 권농사勸農使가 되었는데, 세마포細麻布를 많이 걷어 왕과 좌우시종들을 섬겼다. 이덕손李德孫과 설인영薛仁永이 서로 이어서 권농사가 되어서는, 그 수를 배로 증가하였고 포도 지극히 가늘게 하였다. 그 후에 주인원朱印遠이 안렴권농사按廉勸農使가 되어 스무 새의 황마포黃麻布를 바치니, 임금이 좌우시종들로 하여금 다투어 가지게 하는 것으로 놀이를 삼았다. 재상이 왕에게 말하여 그만두기를 청하였으나 왕이 따르지 않았다. 지금의 의령·영천 등지에서는 여전히 이 포가 생산되는데, 황저포黃苧布[1]라고 부르니 대개 삼으로 만든 것이다. 색은 새 버들과 같고 얇기는 매미날개 같은 것이 좋은 것이다.

---

1 황저포黃苧布 : 경상도에서 나는 삼베의 하나로, 삼의 겉껍질을 긁어 버리고 만든 실로 짠다. 계추리라고도 한다.

황마의 가는 베	黃麻細布,
비단보다 아름답구나.	美于紈素.
비록 저고리는 만들 수 있으나	雖堪爲衣,
바지는 될 수 없다네.	不敢爲袴.
누가 그것을 다룰까,	誰其理之,
삼을 묶은 한 올의 실을.	束麻一絲.
누가 그것을 팔려고 할까	誰其貿之,
한 척 한 발의 가는 갈포를.	一尺丈絺.
북마北馬[2]에 담아 싣고 가니	函裝北馬,
왕인王人이라 불리는 자라.	謂王人者.
이미 내 가진 것을 취하고	旣取我藏,
또 내게 값을 징수하는구나.	又徵我賈.
응방鷹坊[3]의 경망스런 사람들	鷹坊儇夫,
서로 빼앗으며 깔깔거리고	攘欸寇胡盧.
홀치忽赤[4]의 연회에서	忽赤之享,
자리에 모아 늘어놓는다네.	以席聚舖.

---

2 북마北馬 : 북도北道, 즉 함경도에서 공납하는 말로 준마駿馬를 지칭한다.

3 응방鷹坊 : 매를 기르는 일과 매사냥에 관한 일을 맡아보는 관청이다.

4 홀치忽赤 : 고려시대 왕실의 숙위宿衛를 담당하던 군사이다. 전통箭筒이란 몽고어 'gor(xɔr)'와 무엇에 종사하는 사람이란 뜻인 'ʧi'의 음차音借 표기이다.

이문학 李文學

이조년李兆年[1]은 경산인京山人이니[지금의 성주목星州牧이다] 부리府吏 이장경李長庚의 아들이다. 충혜왕忠惠王[2]이 원나라에서 숙위宿衛[3]를 할 때에 조신操身하지 못하다는 소문이 파다했다. 이조년은 나아가 경계하기를 "전하께서는 천자를 섬기고 계시니 마땅히 날마다 하루같이 조신하여야 합니다. 어찌 예禮를 저버리고 욕정을 좇아 화를 부르려고 하십니까? 좌우에서 모

---

1 이조년李兆年 : 1269~1343. 고려의 문신. 자는 원로元老, 호는 매운당梅雲堂·백화헌百花軒. 충혜왕에게 간한 일화와 시조 한 편이 전한다.
2 충혜왕忠惠王 : 1315~1344. 고려 28대 왕(재위: 1330년~1332년, 복위: 1339년~1344년). 휘는 정禎, 시호는 충혜헌효대왕忠惠獻孝大王. 충숙왕忠肅王과 명덕태후明德太后 홍씨洪氏의 아들이다. 1330년 충숙왕이 원나라에게 폐위되자 즉위했지만, 1332년 원나라에 의해 폐위되고 충숙왕이 복위되었다. 1339년 충숙왕이 승하하자 심양왕瀋陽王 호篤를 세우려는 움직임이 있었으나 실패하고 다시 충혜왕이 즉위하였다. 즉위 후에 사치와 향락을 일삼는다는 혐의를 받고 원나라에 의해 다시 폐위되어, 원나라 게양현揭陽縣으로 유배를 가다가 악양현岳陽縣에서 죽었다.
3 숙위宿衛 : 임금의 주위에서 임금을 호위하는 것을 말한다.

이조년 영정_조선 명종 14년(1559)에 건립된 영봉서원迎鳳書院에 걸려 있던 영정을 순조 25년(1825)에 이모移摹한 것이다. 현재 두 점의 이모본이 남아있는 바, 한국학중앙연구원과 경상대학교에 소장되어 있다.

시는 자들이 모두 아첨하는 무리들이니 누구에게서 바른 말을 듣고 바른 행실을 보시겠습니까? 행실을 바로잡고 스스로 신칙하시며 단아한 선비와 친하게 지내시길 바랍니다."라고 하였다. 왕은 그 말을 듣기가 싫어 담장을 넘어 달아났다.

훗날 귀국하여 왕이 송강松岡에서 참새를 쏘아 잡는 것을 보았다. 이조년은 무릎을 꿇고 "전하께서는 명이明夷의 시간[4]을 잊으셨습니까? 지금 불량한 젊은이들이 위력을 빙자하여 부녀자들을 약취하고

---

4 명이明夷의 시간 : 명이는 《주역周易》 64괘의 하나로 현자賢者가 용군庸君을 만나 화를 당하는 상象인데, 여기서는 충혜왕이 원나라에 가서 모욕을 당하던 때를 가리킨다.

재물을 빼앗아서 백성들이 삶을 즐기지 못합니다. 전하께서 늙은 신하의 말을 들으시어 아첨하는 자들을 물리치고 어진 인재를 등용하며 다시는 방탕한 놀이를 하지 않으신다면, 신은 죽더라도 눈을 감을 수 있겠습니다."라고 하였다. 여러 번 왕에게 간하였으나 받아들이지 않자 탄식하며 "여러 번 간하였지만 받아들여지지 않으니, 그 책임은 누군가에게 돌아가게 되어 있다. 이제 그 미덕을 순성順成시키지 못한다면, 그 악행을 조장하는 것밖에 되지 않는다. 신하가 임금을 사랑하는 방도가 아니니 떠나는 것만 못하구나."라 하고, 다음날 한 필의 말을 타고 고향으로 돌아가 세상일에 관여하지 않았다. 정당문학政堂文學의 관직으로 졸卒하였고, 시호는 문열文烈이다.

푸른 매 날리고 누런 사냥개 달리는 자 갈랫길에 가득하고	飛蒼走黃滿路歧,
임금 호위하는 소대 홀치忽赤의 옷이네.	牽龍小隊忽赤衣.
늙은 선비를 사개리沙箇里[5]라 하고	老儒沙箇里,
탄작彈雀하는 것, 설비사薛比思[6]라 했네.	彈雀薛比思.
왕이여 이 무슨 말씀입니까?	王乎是何語,
신은 홀로 바라보며 하염없이 눈물 흘립니다.	臣獨望涕漣洏.

---

5 사개리沙箇里 : 당시의 몽골어로 유생을 뜻하는데, 충혜왕은 강직한 선비들을 비하하는 뜻으로 사용하였다. 《동문선東文選》 권125, 〈문열공 이공 묘지명文烈公李公墓誌銘〉 참조. "대개 선비들은 비록 졸박하지만 모두 경서를 익혀서 염치를 압니다. 전하께선 그들을 지목하여 사개리라고 부르시니 이 무슨 말씀입니까(夫儒者雖朴拙, 皆能習經書識廉恥. 殿下目之爲沙箇里, 此何等語耶)."

6 설비사薛比思 : 당시의 중국어로 '기쁜 소식을 전한다'라는 말이다. 《고려사절요高麗史節要》 권 22, '충렬왕忠烈王 경자26년' 조 참조. "지난번에 장한열이 황태후께서 붕어하심을 송분에게 말하니 송분이 곧 '설비사薛比思'라 말하였습니다. 이것은 중국말로 '기쁜 소식을 전한다'라는 말입니다. 송분은 어떤 자이길래 감히 말을 이 따위로 합니까[頃者張漢烈, 以皇太后崩告於玢. 玢乃言曰: '薛比思.' 此華言報喜之辭也. 玢何人, 敢言如是耶]."

신의 집 옛날 본피本彼[7] 땅,　　　　　　　　　臣家古本彼,

신은 바로 이장경李長庚의 아이입니다.　　　　臣乃長庚兒.

지위가 대관大官에 이르렀으니 몸이 중하지만　位至大官身則重,

생각이 임금을 바로잡지 못하니 말해　　　　　思不格君言何爲.
무엇하겠습니까?

도성을 나서며 도리어 탄식합니다.　　　　　　出國城還獻唏,

대화궐大花闕[8] 어느 때 볼 수 있을꼬?　　　　大花闕幾時見,

수천문壽天門[9]을 길이 서로 바라봅니다.　　　壽天門永相瞬.

신의 몸은 비록 떠나도 마음은 맺혀 있는 듯하니　臣身雖去心如結,

죽어서 눈 감지 못한 채 누런 티끌에 돌아갈까　恐不死瞑目故黃埃.
두렵습니다.

7　본피本彼 : 성주군에 있던 신라시대 부部의 명칭.
8　대화궐大花闕 : 개성에 있던 고려시대 궁궐의 이름.
9　수천문壽天門 : 대화궐에 있던 궁궐 문의 이름인 듯함.

이익재 李益齋

이제현李齊賢[1]의 자는 중사仲思요, 호는 익재益齋이니 경주인慶州人이다. 고려 충렬왕忠烈王 때에 과거에 합격하였다. 충선왕忠宣王[2]이 원 세조世祖의 외손자로서 진왕晉王의 딸 보탑실련寶塔實憐 공주와 결혼했는데, 원 무종武宗이 즉위하자 부마도위駙馬都尉에 제수되고 나아가 심양왕瀋陽王으로 봉해졌다. 연

1 이제현李齊賢 : 1287~1367. 고려 말기의 문신학자. 초명은 지공之公, 자는 중사仲思, 호는 늑옹櫟翁·익재益齋. 문장가로서 우리나라의 고문古文을 창도하고, 유학자로서 우리나라 성리학性理學의 기초를 닦았다는 평이 있다. 벼슬은 문하시랑門下侍郎에 이르렀다. 왕명으로 실록을 편찬하였고, 고려의 민간 가요 17수를 한시로 번역한 소악부小樂府를 짓기도 하였다. 저서에 《늑옹패설櫟翁稗說》·《익재난고益齋亂藁》가 있다.

2 충선왕忠宣王 : 1275~1325. 고려 26대 왕(재위: 1298년, 복위: 1308년~1313년). 초휘는 원顚, 휘는 장璋, 자는 중앙仲昂, 시호는 충선헌효대왕忠宣憲孝大王. 충렬왕忠烈王과 제국대장공주齊國大長公主의 아들로서, 정비正妃는 원나라 진왕晉王 감마랄甘麻剌의 딸 계국대장공주薊國大長公主, 즉 보탑실련寶塔實憐이다. 1298년 아버지 충렬왕이 양위하여 왕에 올랐다가 7개월 만에 아버지에게 왕위를 반납하였고, 1308년 충렬왕이 승하하자 다시 왕위에 올랐다.

이제현 영정＿이제현이 충선왕을 모시고 중국 원나라에 있을 때인 1319
년에 현지 화공畵工 진감여陳鑑如가 그린 것이다. 국보로 지정되어 국립
중앙박물관에 소장되어 있다.

경연京의 저택에 만권당萬卷堂을 짓고 요수姚燧[3]·염복閻復[4]·우집虞集[5]·장양호張養浩[6]·원명선元明善[7]·조맹부趙孟頫[8] 등을 초빙하여 모두 그 문정門庭에서 노닐었는데, 이제현 등과 더불어 경전과 사서를 연구하고 글씨와 그림을 품평하였다. 이제현은 일찍이 사신으로 서촉西蜀에 가서 이르는 곳마다 시를 지었는데, 사람들의 입에 회자되었다.

충선왕이 강남江南에 강향降香[9]갈 때 이제현은 왕을 따라갔는데, 매양 누대의 아름다운 경치를 만나 흥이 일고 회포를 풀 때마다 말하기를 "이곳에 이생李生이 없어서는 안된다."라고 하였다. 연오燕吳[10]에서 왕을 시종한 공으로 고려왕부高麗王府 단사관斷事官에 제수되었다. 충선왕이 토번吐蕃[11]으로 유배가자, 이제현은 원낭중元郎中(元明善)과 승상 배주拜住[12]에게 서신을 올렸는데, 얼마 되지 않아 황제는 타사마朶思麻[13] 땅으로 양이量移[14]케 하였다. 배주의 건의에 따른 것

---

3 요수姚燧 : 1238~1313. 중국 원대의 문신학자. 자는 단보端甫, 호는 목암牧庵. 실록 편찬에 종사하였고, 산문과 곡곡曲에 뛰어났다. 《목암집牧庵集》36권이 전한다.

4 염복閻復 : 1236~1312. 중국 원대의 문신학자. 자는 자정子靖. 《정헌집靜軒集》50권이 전한다.

5 우집虞集 : 1272~1348. 중국 원대의 문신학자. 자는 백생伯生, 호는 도원道園·소암邵庵. 《도원학고록道園學古錄》50권이 전한다.

6 장양호張養浩 : 1270~1329. 중국 원대의 문신학자. 자는 희맹希孟, 호는 운장雲莊. 《운장유고雲莊遺稿》40권 중 24권이 전한다.

7 원명선元明善 : 1269~1322. 중국 원대의 문신학자. 자는 복초復初. 저서로 《용호산지龍虎山志》3권이 있었다고 하는데 전하지 않는다.

8 조맹부趙孟頫 : 1254~1322. 중국 원대의 문신학자. 자는 자앙子昻, 호는 송설도인松雪道人. 시인이자 서화가로 특히 유명했다. 저서로 《송설재집松雪齋集》10권이 전한다.

9 강향降香 : 매월 삭망朔望에 관리를 파견하여 종묘宗廟에 분향하고 절하는 것을 강향이라고 한다. 여기서는 충선왕을 파견하여 강남의 어느 묘에 분향하도록 명한 것 같으나, 자세한 것은 미상.

10 연오燕吳 : 연燕은 중원의 북부, 오吳는 중원의 남부를 가리키는 말.

11 토번吐蕃 : 중국 서부에 위치한 티벳(Tibet) 지역.

12 배주拜住 : 1298~1323. 원나라의 관료. 몽고蒙古 찰랄아扎剌儿씨. 영종황제英宗皇帝 때 승상을 역임하고 후에 정적인 철목질아鐵木迭儿에게 피살되었다.

익재집_이제현의 시문집. 《익재난고益齋亂藁》10권, 《늑옹패설櫟翁稗說》4권, 《습유拾遺》1권으로 구성되어 있다. 초간본은 남아있지 않고 여러 차례 중간重刊된 끝에 조선 순조 14년(1814)에 간행된 것이 현재의 판본이다.

이다. 이윽고 우리나라로 돌아와서는, 소인배들이 날뛰고 어지럽혀서 이제현은 자취를 거두고 나서지 않았다. 뒤에 관직이 문하시중門下侍中 계림부원군鷄林府院君에 이르렀다. 그의 집에서 국사國史를 찬술하였을 때 사관史官 및 삼관三舘[15]이 모두 거기에 모였었다. 젊어서부터 또래들이 감히 이름을 함부로 부르지 못하고 반드시 익재益齋라고 칭했다. 후에 공민왕恭愍王의 묘정廟庭에 배향되었다. 저서로 《익재난고益齋亂藁》10권이 있는데, 원복초元復初(元明善)·조승지趙承旨(趙孟頫)·장운장張雲莊(張養浩) 세 공公과 주고받은 시가 모두 그 문집에 실려 있다.

연경 저택의 만권당萬卷堂	燕邸萬卷堂,
풍류스러운 심양왕瀋陽王이라.	風流瀋陽王.

---

13 타사마朶思麻 : 중국 원대 장족藏族 거주지역의 명칭. 지금의 감숙성甘肅省.

14 양이量移 : 죄인에게 유리한 쪽으로 유배지를 옮기는 것을 말한다. 여기서는 충선왕의 유배지를 북경에 조금더 가까운 감숙성 지역으로 옮긴 것을 가리킨다.

15 삼관三舘 : 이조시대에는 홍문관弘文館·성균관成均館·예문관藝文館을 아울러 삼관이라고 하였는데, 고려시대의 삼관도 문학과 교육·역사편찬 등을 맡은 관청들 세 개를 묶어 지칭하였을 듯하지만 확인되지는 않는다.

큰 아이는 원복초元復初　　　　　　　　大兒元復初,
작은 아이는 장운장張雲莊,　　　　　　小兒張雲莊,
이곳에 이시랑李侍郎 없어서는 안되네.　此間不可無侍郎.
행차하는 행향사行香使[16]　　　　　　去矣行香使,
천년의 감로사甘露寺에,　　　　　　　千年甘露寺.
가는 비 옅은 구름의 아침　　　　　　微雨澹雲朝,
국화 빼어나고 난초 여위어가는 땅,[17]　菊秀蘭衰地,
이곳에 이중사李仲思 없어서는 안 되네.　此間不可無仲思.
돌아오라 돌아오라 익재益齋에 돌아오라　故歟故歟返益齋,
메뚜기떼 하늘 덮어 함께할 수 없다네.　羣蜇蔽天不可偕.

10년의 난고亂藁, 시사를 의론했고　　十年亂藁議時事,
삼관三舘의 역사 편찬, 세월이 흘렀네.　三舘編史從遲回.
만년의 즐겁지 못함 어찌된 일인가　　晚年不樂胡爲哉,
전날 참으로 분주했는데　　　　　　前日信草草,
이제 와서 뜻과 사업 노쇠해졌네.　　來今志業老.
이익재 어찌 영남으로 돌아오지 않았던고　李益齋何不故來在嶺表,
고운孤雲이 가족 이끌고 온 것 참으로　孤雲挈家眞冥杳.
그윽한 일.

---

16 행향사行香使: 강향사降香使를 가리킨다.

17 가는 비 … 땅: 김상헌金尙憲이 인조 때 수로로 강남에 사신을 가서 '옅은 구름 가는 비 내리는 소고사, 국화 빼어나고 난초 여위어가는 팔월이구나(淡雲微雨小姑祠, 菊秀蘭衰八月時)'라는 시구를 지었는데, 이 시구를 원용한 것이다. 김상헌의 이 시구는 왕사정王士禎이 《어양시화漁洋詩話》에서 언급하여 유명해졌다. 김상헌의 《청음선생집淸陰先生集》 권9에 〈차오청천대빈운次吳晴川大斌韻〉으로 실려 있는데, 여기에는 "澹雲輕雨小姑祠, 佳菊衰蘭八月時."라고 되어 있다.

무신탑 無信塔

고려 공민왕恭愍王 15년에 정습인鄭習仁이 지영주사知榮州事[영주는 지금의 영천榮川]가 되었다. 군郡에는 불탑이 있는데, 이름이 무신無信이었다. 습인이, "괴이하도다. 악목惡木 아래에서는 쉬지 않고 도천盜泉을 마시지 않는 것[1]은 그 이름을 싫어해서이다. 어찌 우뚝하게 서 있어 한 고을이 우러러 바라보는 바가 되는데, 그것을 무신無信이라고 이름을 표하겠는가?"라 하고, 주리州吏에게 날을 정하여 그것을 허물도록 명하였다. 신돈辛旽이 그

---

1 악목惡木 … 않는 것 : 진晉나라 육기陸機의 〈맹호행猛虎行〉에 "목이 말라도 도천수를 마시지 않고, 더위도 악목의 그늘에서 쉬지 않는다[渴不飮盜泉水, 熱不息惡木陰]."라는 구절이 있다. '도천盜泉'은 샘 이름으로 의롭지 못한 재물을 비유하는 말로 쓰였고 '악목惡木'은 재질이 나쁜 나무인데, 이 구절은 아무리 어려운 처지라 하더라도 부끄러운 일은 하지 않는다는 뜻으로 쓰인다. 또 《시자尸子》에 "공자가 도천을 지나가면서 목이 말랐지만 마시지 않았으니, 그 이름을 싫어한 것이다[孔子過於盜泉, 渴矣而不飮, 惡其名也]."라는 내용이 있다.

것을 듣고 노하여 습인을 폐하여 서인庶人으로 삼고, 그 주에 나아가
다시 탑을 쌓도록 명령하였다.

목말라도 도천盜泉의 물을 마시지 않고	渴不飮盜泉水,
수레는 승모리勝母里를 지나지 않는다.[2]	車不過勝母里.
어찌 '무신無信'으로 표명하여	焉有表名爲無信,
백성들이 모두 보게 하는가?	而爲民所視.
가까이 듣건대 문수文殊의 장場[3]에	邇聞文殊場,
국사國師가 왕의 원자를 기도한다고 한다.	國師祈元良.
길일吉日에 연복사演福寺[4]에서	吉日演福寺,
왕이 스스로 행향行香[5]을 하지만,	千乘自行香.
연복演福이라고 하나 복을 입지 못하고	演福不蒙福,
사나운 바람이 임금의 침상을 넘어뜨렸네.[6]	獰風蹶御牀.

---

2 수레는 … 않는다 : '승모勝母'는 옛 지명인데 《사기史記》, 〈추양열전鄒陽列傳〉에 증자曾子가 '승모勝母'라는 현縣의 이름 때문에 들어가지 않았다는 내용이 보인다.

3 문수文殊의 장場 : 문수회文殊會를 말한다. 문수文殊는 문수보살文殊菩薩을 지칭하는데, 공민왕은 신돈의 권유로 원자元子를 얻기 위해 문수회를 자주 열었다.

4 연복사演福寺 : 개성시 한천동에 있었던 고려시대의 사찰로 광통보제사廣通普濟寺 또는 보제사普濟寺라고도 하였다. 《고려도경高麗圖經》에 따르면, 이 절의 정전正殿인 나한보전羅漢寶殿은 왕궁보다 더 웅장하였고, 그 안에는 석가모니불·문수보살·보현보살의 삼존불을 중심에 두고 주위에 500구의 나한상을 배치하였다고 한다. 이 절은 특히 공민왕과 공양왕이 관심을 기울여 문수회와 담선회談禪會 등을 참관하기 위해 여러 차례 거둥하였다.

5 행향行香 : 신이나 부처에게 예배하는 의식의 하나. 남북조 시대에 시작되었는데 처음에는 향을 피우고 손을 쬐거나 향가루를 뿌렸고, 당나라 이후에는 향로를 들고 불전佛殿 안을 돌거나 거리를 순행하였다. 공민왕 역시 연복사에서 문수회가 거행될 때, 직접 향로를 들고 불전 안을 돌았다.

6 연복演福이라고 … 넘어뜨렸네 : 공민왕은 원망과 불평이 자자했음에도 불구하고 연복사에서 문수회를 거듭 거행했지만, 결국 원자를 얻는 복을 누리지 못했다. 그리고 공민왕 16년(1367) 3월에는 신돈을 데리고 연복사에서 문수회를 크게 열었는데, 7일간의 문수회 동안 3일은 폭풍이 불고 3일은 서리가 크게 내렸다는 기록이 있다.

하물며 신의가 없으면 존립하지 못하는 것[7]이니, 矧爾無信卽不立,
밀고 차 버려서 성황城隍을 돕게 하리? 推之踢之畀城隍.

---

7 신의가 … 못하는 것 : 《논어論語》, 〈안연顏淵〉 편의 "예로부터 누구에게나 죽음은 있지만, 백성이 신뢰하지 않으면 존립할 수 없다[自古皆有死, 民無信不立].''는 구절에서 나온 말이다.

참된 정언眞正言

이존오李存吾는 경주인慶州人으로 고려 공민왕恭愍王 15년에 우정언右正言이 되었는데, 소疏를 올려 신돈辛旽이 전횡하고 방자하여 예의를 잃은 실상을 극진히 말하였다. 이때 신돈은 왕과 상牀을 마주하여 앉아 있었는데, 존오가 신돈을 노려보고 꾸짖으니 신돈은 당황하고 놀라 저도 모르게 상에서 내려왔다. 왕이 크게 노하여 순군옥巡軍獄[1]에 가두고 묻기를 "너는 젖내 나는 동자童子이니 어찌 혼자 할 수 있었겠는가? 반드시 몰래 사주한 자가 있을 것이다."라고 하였다. 존오는 이에 대하여 "국가에서 동자를 무지하다고 여기지 않고 언관의 자리에 두셨으니, 감히 언책言責을 다하지 않아 국가를 저버릴 수 있겠습니까?"라고 하였다. 이때 존오는 나이가 스물 다섯이었는데, 당시 사람들은 존오를 참된 정언[眞正言]이

---

1 순군옥巡軍獄 : 고려 때 포도捕盜와 금란禁亂을 맡아 보던 순군만호부巡軍萬戶府의 감옥監獄.

라고 일컬었다.

<table>
<tr><td>중도 속인도 아닌 옥천사玉川寺[2]의 까까머리</td><td>非僧非俗玉川髡,</td></tr>
<tr><td>날이 밝자 말을 달려 궁문宮門[3]으로 들어갔네.</td><td>平明走馬入紅門.</td></tr>
<tr><td>검은 닭과 흰 말을 잡아먹어 스스로 원기를 기르고</td><td>烏鷄白馬自養元,</td></tr>
<tr><td>손으로 두 왕비를 가리키며 지존至尊을 희롱했네.</td><td>手指二妃嬲至尊.</td></tr>
<tr><td>중방重房[4]과 홀치忽赤가 다투어 달려가니</td><td>重房忽赤爭趨奔,</td></tr>
<tr><td>문수대회文殊大會는 티끌모래로 어둡구나.</td><td>文殊大會塵沙昏.</td></tr>
<tr><td>연소한 관인 울분을 머금고</td><td>青滿年少氣悶吞,</td></tr>
<tr><td>손으로 한편의 소疏를 쥐고 궐문을 열어 재쳤네.</td><td>手齎尺疏排天閽.</td></tr>
<tr><td>호상胡牀[5]에 걸터앉아 있으니 누구의
특은特恩이런가?</td><td>胡牀夷踞誰特恩,</td></tr>
<tr><td>눈 부릅뜨고 꾸짖으니 놀라 내려앉았네.</td><td>暖目叱之驚坐蹲.</td></tr>
<tr><td>궁중의 늙은 여우 마침내 혼을 빼앗기니</td><td>宮中老狐遂褫魂,</td></tr>
<tr><td>계림鷄林의 동자 참된 정언이구나.</td><td>鷄林童子眞正言.</td></tr>
</table>

---

2 옥천사玉川寺: 고려 시대 경상도 영산군靈山郡에 있던 절의 이름. 신돈의 본관은 영산靈山, 그의 어머니는 계성현桂城縣 옥천사玉川寺의 노비이다.

3 궁문宮門: 원문은 '紅門'으로, 고대 궁문은 대부분 붉은 색으로 칠하였기 때문에 궁문을 '홍문'이라고 한다.

4 중방重房: 무신 정중부鄭仲夫 등이 집권하기 위하여 특별히 정치를 의논하는 장소를 설치하여 중방重房이라 하였다.

5 호상胡牀: 호상胡床·교상交床이라고도 칭한다. 편하게 앉는 상을 말한다.

문공의 목면 文公棉

우리나라에는 본래 면화 종류가 없었고, 예전에는 모두 종이로 옷을 장속裝束하여 입었다. 고려 공민왕恭愍王 때 문익점文益漸[1]이 정언正言으로서 서장관書狀官이 되어 원元에 갔다가 목면 씨앗을 얻어 귀국하였다. 그의 장인 정천익鄭天益에게 보내어 심게 하였는데, 3년이 되자 크게 번식하였다. 씨를 빼는 기계[2]와 실을 뽑는 기계[3]는 모두 정천익이 만든 것이다.[4] 문익점은 강

---

1 문익점文益漸 : 1331~1400. 고려 말의 문신학자. 초명은 익첨益瞻, 자는 일신日新, 호는 삼우당三憂堂. 본관은 남평南平. 공민왕 9년(1360) 문과에 급제하여 김해부사록金海府司錄·순유박사諄諭博士를 거쳐, 1363년 계품사啓稟使 이공수李公遂의 서장관書狀官으로 원나라에 갔다가 귀국할 때 목화씨를 가져왔다. 목면을 보급한 공으로 전의주부典儀注簿, 좌사의대부左司議大夫 등에 제수되었다.

2 씨를 빼는 기계 : 원문의 '거핵거去核車'는 씨아를 가리킴. 지방에 따라 쐐기·씨앗이·쒸야·타리개 등으로 부르며, 한자로는 '취자거取子車'라고 쓴다. 직사각형의 나무토막에 두 개의 기둥을 박고 그 사이에 둥근 나무를 끼워 손잡이를 돌린다.

3 실을 뽑는 기계 : 원문의 '소사거繰絲車'는 물레를 가리킴. 나무로 된 여러 개의 살을 끈으로 얽어매어 보통 6각 또는 8각의 둘레를 만들고 가운데에 굴대를 박아 손잡이로

성현江城縣[지금의 단성현丹城縣] 사람이니, 본조本朝 태종太宗 때에 참
지의정부사參知議政府事 강성군江城君에 추증되었다.

돌리게 되어 있다.

4 정천익鄭天益이 … 것이다 : 정천익은 고려 말 사람. 문익점의 장인. 공민왕 11년(1362)
승보시升補試에 합격하였으나 그 이후의 관직에 대해서는 알려져 있지 않다. 목화씨
재배법에 성공하여 목화를 널리 보급하였다. 또 씨아와 물레 사용법을 터득하여 목화를
직조하는 데에도 공헌하였다. 이 글과 달리 《태조실록太祖實錄》에 기록된 '문익점 졸기
卒記'에 의하면, 처음에는 목화에서 씨를 제거하고 실을 뽑는 방법을 몰랐으나, 정천익
이 호승胡僧 홍원弘願에게 씨아와 물레를 만드는 방법을 배웠으며, 이를 보급시키는
데에 역할을 한 것으로 나와 있다.

너는 귀정鬼精[5]이 아니니	汝非鬼精子,
누가 능히 씨 뿌리고 심으라고 할까?	誰能呼種蒔.
너는 양부래羊負來[6]가 아니니	汝非羊負來,
누가 이 땅에 생장生長하게 할까?	誰令生此地.
푸르고 푸른 두류頭流[7]의 차도	青青頭流茶,
오히려 대렴大廉[8]이 들여왔다고 말하는데	猶言大廉植.
해마다 해마다 옷의 솜	年年衣上綿,
우리 문공文公이 주신 것이라네.	卻是文公賜.

---

5 귀정鬼精 : 미상.

6 양부래羊負來 : 엉거시과에 속하는 한해살이풀. 과실은 창이자蒼耳子라고 하여 약재로 쓰이고, 잎은 가루를 내어 쌀가루와 섞어 떡을 만들기도 한다. 양부래라는 어원은 옛날 중국의 낙수洛水 지방에서 양을 몰고 촉蜀 땅으로 들어가는 사람들이 많았는데 이 씨앗이 양털에 달라붙어서 옮겨갔기 때문에 이렇게 불렸다고 한다.

7 두류頭流 : 두류산은 지리산의 별칭. 우리나라의 차 시배지始培地로 알려져 있다. 《신증동국여지승람新增東國輿地勝覽》 제30권, '진주목晉州牧・지리산智異山' 조에 "이륙李陸의 〈유산기遊山記〉에 지리산은 또 두류산頭流山이라 칭한다."라고 하였다.

8 대렴大廉 : 신라 흥덕왕興德王 때의 대신. 흥덕왕 3년(828) 당나라에 사신으로 갔다가 귀국할 때 중국 차茶의 종자種子를 가져와 왕명에 의해 지리산에 심었다고 한다. (《삼국사기三國史記》, 〈신라본기〉, '흥덕왕' 조 참조)

소주도 燒酒徒

고려 신우辛禑 2년(1376)에 왜구가 합포合浦[지금의 창원부昌原府]에 쳐들어왔다. 이보다 앞서 원수 김진金鎭이 도내의 기생과 악공들을 크게 모아놓고 휘하들과 함께 밤낮으로 술을 마시며 놀았다. 군중軍中에서 그 무리들을 '소주도燒酒徒'라고 불렀으니, 김진이 그들과 함께 소주를 즐겨 마셨기 때문이다. 또 형장刑杖이 지나치게 혹독하여 모든 군사들이 원망하고 분통해 하였다. 왜구가 이르자, 군사들은 뒤로 물러서서 싸우지 않고 말하길 "원수는 소주도로 하여금 적을 칠 터이니, 우리들이 무엇을 하리요."라고 하였다. 드디어 패함에 이르렀다.

그대는 소주 마시는 무리이고	君爲燒酒徒,
우리는 채찍 아래의 종이라네.	我爲箠下奴.
어제의 술로 그대는 정사를 삼았는데	昨日之酒君爲政,
오늘의 일은 어찌 우리와 함께 하려는가.	今日之事寧我與俱.

정사는 백 개의 술통과 천 개의 술잔으로 했으니   政須百榼與千觚,

술기운에 취하여 돌진하면 죽이지 못함이 없으리라.   氣酣突前無不殊.

급히 흉추凶醜들의 머리통을 취하여   急取凶醜顱,

그 머리통을 쪼개어 술잔 삼아   刳其顱以爲飮器.

원수元帥와 더불어 주거니 받거니 할 것이지   與元帥載斟載䤖,

무엇 때문에 우리를 앞세우려 하는가?   何必用我輩爲先驅.

철문어 鐵文魚

고려 말에 배원룡裵元龍이란 자가 있었는데, 계림부윤鷄林府尹이 되었다. 백성을 수탈하는 데 백성들의 쇠스랑[鐵杷]까지 걷어서 집에 싣고 가는 정도였기에, 부민府民들이 '철문어鐵文魚 부윤府尹'이라고 불렀다. 팔초어八梢魚는 속칭 문어文魚인데, 쇠스랑의 형태와 비슷하기 때문이라고 한다.

철문어야!	鐵文魚,
왜 밭을 파지 않고	何不杷人畬,
도리어 백성을 잡는가?	而反爲人漁.
손톱 같은 세 갈래 갈고리로	三叉屈折如指爪,
백성의 살을 파고 백성의 기름을 빠는구나.	爬民之肉吮民腴.
네 전장田莊으로 싣고 가면서	而輸爾田廬,
또 우리 우마차까지 닳게 하네.	又敝我牛車.
계림엔 이제 쇠붙이라곤 없으니	鷄林自此鐵無餘,

활을 당겨 수문어水文魚라도 쏠 수밖에.　挕弓去射[音碩][1]水文魚.

---

1 射[音碩]: '射'의 음은 '석'이다

까치 쫓는 명령 嚇鵲令

주인원朱印遠이 경상도 안렴권농사按廉勸農使가 되었는데, 까치 소리 듣기를 싫어하여 늘 사람들에게 활과 화살로 쫓아내도록 시켰다. 그 소리를 들을 때마다 은병銀瓶을 징수하니, 사람들이 그 괴로움을 견딜 수 없었다.

차라리 칠 년 동안 병을 앓지	寧當七年病,
까치 쫓으라는 명령 못 듣겠네.	不聞嚇鵲令.
차라리 다섯 개의 동견銅鈃을 내놓지	寧出五銅鈃,
한 개의 은병은 못 바치겠네.	不納一銀瓶.
너의 아버지는 물처럼 맑았는데	爾父淸如水,
문절공에겐 참으로 자식이 없구나.[1]	文節眞無子.

---

1 너의 … 없구나 : 주인원의 아버지는 주열朱悅로 강직한 인물이었다. 그런데 아버지와 달리 주인원이 탐욕스럽고 간사했기에 당시 사람들은 주열에게 아들이 없다고 하였다.

전에 들으니 유상서劉尙書[2]는	向聞劉尙書,
예전에 없던 호령으로	號令無古初.
우는 부엉이 숲속에서 찾아내고	嘷鴉搜林木,
달아난 사슴 우리로 가두어들였다 하네.	走鹿歸牢獄.
군민軍民이 지금까지 말하길	軍民至今言,
어느 때인들 이러한 잘난 이 없겠는가.	何時無此賢.

문절文節은 주열의 시호이다. 《고려사高麗史》 권123, 〈열전〉 19의 '주열'·〈열전〉 36의 '주인원' 조 참조.

2 유상서劉尙書 : 미상. 주인원과 같은 탐관오리였던 듯하다.

무고악 舞鼓樂

이혼李混의 호는 몽암蒙菴이고 고려 말기 사람인데, 영해 부사寧海府使가 되어서 바다 위의 떠내려온 마른나무를 취하여 무고舞鼓를 만들었고, 다시 그 음절을 가르쳤다. 양촌陽邨 권근權近은 그 소리가 웅장하고 그 춤은 변전變轉하여 펄펄 나는 한 쌍의 나비가 꽃을 에워싸고, 날래고 사나운 두 마리 용龍이 서로 여의주를 다투어서 봄을 재촉하는 것보다도 화기和氣가 있고, 적敵에게 달려갈 때보다도 빨랐다[1]고 했는데, 이것이 바로 무고악이다. 지금 여러 고을의 기악妓樂 중에 이 춤이 가장 성행하고 있다.

---

1 이혼李混의 … 빨랐다 : 《양촌선생문집陽邨先生文集》 권11, 〈영해부 서문루기寧海府西門樓記〉에 다음과 같은 내용이 있다. "及蒙庵李侍中混謫窆而來, 乃得海上浮査, 制爲舞鼓, 敎其節度, 其聲宏壯, 其舞變轉, 翩翩然雙蝶繞花, 矯矯然二龍爭珠, 和於催春, 捷於赴敵, 最樂部之一奇, 而他郡之所未有, 觀風杖節之使必來遊觀, 實一方佳麗之地也."

그림 그려진 북채에 붉은 끈이요 　　　　　畫槌朱絡頭,
장삼長衫은 월색月色의 명주라네. 　　　　　長衫月色紬.
단양丹陽[2] 여아의 빼어난 춤 솜씨 　　　　　丹陽女兒絶代舞,
어여삐 여길 만하구나, 풍광 좋은 단양의 누각. 　可憐風日丹陽樓.
예전에는 물 위의 절구모양이었지만 　　　　　前年水上臼,
지금은 루樓 중의 북이라네. 　　　　　　　今日樓中鼓.
장기長鬐의 석록石綠[3]으로 그린 한 쌍의 용 　長鬐石綠雙畫龍,
붉은 실 매어 놓은 황금빛 아리새긴 쇠고리. 　黃金鍍鑢朱絲組.
나부끼는 것 바다 위 오리 같고 　　　　　　飄如海上鳬,
화합하기론 쟁반 위의 구슬 같네. 　　　　　翕若盤中珠.
남방의 관리 북쪽의 사신 모두 감탄하니 　　南官北使俱歎息,
단양의 북춤 천하의 빼어난 것이라네. 　　丹陽舞鼓天下殊.

---

2 단양丹陽 : 영해寧海의 옛 이름이다.

3 장기長鬐의 석록石綠 : 장기는 경상도 장기현長鬐縣을 가리키고, 석록은 공작석孔雀石을 가리킨다. 공작석은 탄산동과 수산화水酸化 동으로 이루어진 광물鑛物인데, 공작새의 날개와 같이 선명한 초록색의 광택이 매우 아름답다. 장식석裝飾石이나 안료顏料로 쓰인다.

옥섬섬 玉纖纖

살피건대 고려 정 포은鄭圃隱 선생이 '전녹생田祿生의 김해 금기琴妓 옥섬섬玉纖纖에게 준 시'를 화답하였는데 그 서문에 다음과 같은 내용이 있다. "옛날에 재상 야은埜隱 전녹생 선생이 계림 판관鷄林判官을 지낼 때 김해의 금기琴妓 옥섬섬에게 준 시에, '바다 위 선산 일곱 점 푸르고, 금 속에 흰 달 둥글게 빛나네. 세상에 옥섬섬이 없었더라면 그 누가 태고의 정을 연주할 수 있으리오[海上仙山七點青, 琴中素月一輪明. 世間不有纖纖手, 誰肯能彈太古情].'라고 하였다. 그 후 십여 년이 흘러 야은 선생이 합포合浦(경남 창원)로 진무鎭撫하러 나왔을 때[1] 옥섬섬은 이미 늙었다. 선생은 그녀를

---

1 야은埜隱 … 때: 야은 선생의 역관歷官 기록을 보면 공민왕 6년(1357)에 계림鷄林 판관判官이 되었고, 16년(1367)에 경상도慶尙道 도순문사都巡問使가 되어 합포로 진무하러 왔다고 한다. 《야은선생일고埜隱先生逸稿》 권6, 부록 〈야은선생역관략埜隱先生歷官略〉 참조

불러 곁에 두고 금을 연주하게 하였다. 내가 이 일을 듣고 그 시에 뒤따라 화답하여 다음과 같이 벽에 쓴다.”

옛 가락, 가야금	古調伽倻琴,
퉁기는 이 옥섬섬이라.	彈指玉纖纖.
김해 가인의 머리	金海佳人髮,
반백이 되어 회산檜山[2]에 노니니	半白檜山遊,
늙은 손님의 눈물 수염을 적시네.	客涕霑須丯.
그대는 보지 못했나	君不見,
계림의 한 그루 나무 강담江潭과 같은 것을	鷄林一樹似江潭,
나무도 이러한데 사람인들 어찌 견디리.[3]	樹猶如此人何堪.

---

2 회산檜山: 지금의 창원昌原을 말한다.

3 계림의 … 견디리: 동진東晉 때의 장군 환온桓溫이 북벌을 위해 금성金城을 지나던 중 자신이 낭야琅琊 태수로 있을 때 옮겨 심었던 버드나무가 열 아름이 넘는 고목古木이 된 것을 보고 “나무도 이러한데 사람이 어찌 견디리오[木猶如此, 人何以堪].”라고 탄식했다는 고사가 있다. 남북조 때 사람인 유신庾信이 이 일을 두고 지은 〈고수부枯樹賦〉에 “옛날 옮겨 심은 버드나무, 한수 남쪽에 하늘하늘 드리워졌더니, 이제 보니 늙고 꺾여 강담에 스산하게 있네. 나무도 이러한데 사람인들 어찌 견뎌내리[昔年種柳, 依依漢南. 今看搖落, 悽愴江潭. 樹猶如此, 人何以堪].”라고 한 구절이 있다. 《진서晉書》, 〈환온열전桓溫列傳〉; 《유자산집庾子山集》.

정당매 政堂梅

강회백姜淮伯[1]은 고려 신우辛禑 때 사람이다. 포의布衣로 있을 때 진양晉陽[지금의 진주부晉州府]의 단속사斷俗寺에서 독서하면서 손수 매화 한 그루를 심었는데, 후에 과거에 급제하여 벼슬이 정당문학政堂文學에 이르렀다. 이로 인해 '정당매政堂梅'라 불렀다.

난야蘭若[2] 넓고 너른 땅에   蘭若千萬地,

---

1 강회백姜淮伯 : 1357~1402. 여말 선초의 문신. 본관은 진주晉州. 자는 백보伯父, 호는 통정通亭. 우왕 2년(1376) 문과에 급제하여 성균좨주가 되었으며, 창왕이 즉위하자 밀직사로 부사 이방우李芳雨와 함께 명나라에 다녀오기도 하였다. 정당문학政堂文學 겸 대사헌으로 있을 때, 김진양金震陽 등이 조준·정도전 등을 탄핵할 때 이에 동조, 대관을 거느리고 상소하였다. 정몽주가 살해된 후 진양晉陽에 유배되었다. 조선 건국 후에 동북면도순문사東北面都巡問使에 제수되었다. 저서에 《통정집通亭集》이 있다.
2 난야蘭若 : 범어梵語 āranyaka의 음역인 아란야阿蘭若의 준말로, 사원寺院을 말한다.

매화 한 그루에 봄이 왔네.	梅花一樹春.
해마다 이 나무에 꽃이 필 때	年年花發日,
강정당姜政堂 그 사람을 추억한다네.	回憶政堂人.

정당매_경상남도 산청군 단성면 운리 단속사 터에 있다. 수령이 630년 된 것으로 전한다.

정시중 鄭侍中

정몽주鄭夢周는 영일현迎日縣 사람인데 고려 때 문하시중門下侍中을 역임하였다. 처음에 최영崔瑩이 신우辛禑에게 군사를 일으켜 요동遼東을 칠 것을 권하자, 우리 태조太祖께서 대의大義를 들어 회군回軍하여[1] 왕씨王氏 임금을 다시 세웠다. 조준趙浚·정도전鄭道傳·남은南誾 등이 천명과 인심의 소재를 알고 태조를 추대하고자 하였다. 홍무洪武 임신년(1392) 3월, 태조께서 말에서 떨어져 누워 있을 때, 정몽주는 조준·정도전·남은 등이 합심하여 보익輔翼하는 것을 꺼려하였다. 이에 대간臺諫으로 하여금 탄핵케 하여 그들을 귀양 보내고, 김귀련金龜聯·이반李蟠을 보내어

---

1 대의大義를 … 회군回軍하여 : 우왕禑王 14년(1388) 고려군이 요동을 정벌하기 위해 위화도에 머무르던 중 이성계李成桂를 중심으로 회군한 사건을 가리킴. 이성계는 작은 나라가 큰 나라를 치는 것, 여름의 농번기에 군사를 일으키는 것, 원정의 틈을 타서 왜구가 쳐들어올 우려가 있다는 것, 시기가 장마철이라는 것 등 사불가론四不可論을 내세우며 요동정벌에 반대하였다.

정몽주 초상_보물 제1110호
로, 경상북도 영천 임고서원
臨皐書院에 소장되어 있다.

유배지에서 그들을 죽이려고 하였다.

의안대군義安大君 이화李和, 흥안군興安君 이제李濟 등이 태조께 아
뢰기를 "사세가 이미 급박하니 어찌 하시렵니까?"라고 하니, 태조께
서는 "죽고 사는 것은 명命에 달렸으니, 마땅히 순종하여 받을 뿐이
다." 하였다. 이화·이제 등이 물러나 휘하 무사武士 조영규趙英珪[2]에

---

2 조영규趙英珪 : 여말 선초의 무신武臣. 초명은 평評. 신창新昌 조씨趙氏의 시조. 이성계
　의 휘하에서 함주咸州 일대의 왜구를 토벌하여 전공을 세웠으며, 벼슬은 예조전서禮曹
　典書에 이르렀다. 공양왕 4년(1392)에 이방원李芳遠의 명으로 동지 4~5명과 함께 정몽
　주를 선죽교에서 살해하였다. 조선이 건국된 후 개국공신 2등에 책록되었다.

선죽교_개성시 선죽동 소재

게 말하기를 "이씨가 왕실에 공이 있음은 사람들이 다 알고 있지만 지금 사람들에게 무함을 받고 있으니, 후세에 누가 알겠는가. 휘하 무사 중에 힘을 다할 자가 없겠는가?"라고 하자, 조영규가 "감히 명을 받들지 않을 수 있겠습니까." 하였다. 이에 길에서 기다리고 있다가 정몽주를 격살擊殺하였다. 태조께서 크게 노하여 이로 인해 병환이 깊어져서 능히 말을 잇지 못하였다. 태종이 즉위함에 정몽주가 자기가 섬기는 바에 전심專心하고 지조를 바꾸지 않았다 하여 문충文忠이라는 시호를 내렸다.

일어나 춤추어도 놀라지 마라	起舞莫錯愕,
술을 마셔도 많이 마시지 마라.	飮酒無多酌.
화계花階에 꽃잎이 크게 졌으니	花階花大零落,
오늘 아침 바람이 너무 사납구나.	今早風太甚惡.
공公은 일찍 일어나지 마라, 고통이 생기리니	公無早作苦乃作,
하늘을 떠받치매 어찌 한 손으로 할 수 있을까.	擎天何用隻手著.
대간臺諫의 여러 신하들 참으로 한 번 실수했으니	臺臣十輩眞一錯,
신룡神龍은 잠시 곤액당해도 결국 날아오르는 법.	神龍暫困終飛躍.
그대여 듣지 못했나, 선죽교 위에 피 젖은 자국	君不聞善竹橋頭血漬赭,
천년 세월 비에 씻겨 어제처럼 선명한 것을.	千年雨洗鮮如昨.

김농암 金籠巖

김주金澍는 선산인善山人으로, 고려 공양왕恭讓王 4년에 예의판서禮儀判書로서 명나라의 축하사절단으로 갔다가 돌아와 압록강에 이르러, 우리 태조태왕太祖大王이 선양받았다는 소식을 듣고 부인 유씨柳氏에게 편지를 보내어 "내가 압록강을 건넌다면 곧 몸을 용납할 곳이 없을 것이오. 부인이 임신 중이니 아들을 낳으면 양수揚燧라 이름짓고 딸을 낳으면 명덕命德이라 이름지으시오."라고 하였다. 이어 조복朝服과 신발을 보내며 "부인이 세상을 떠나거든 이것으로 합장하고, 또 압록강 가에 이르렀다 다시 중국을 향한 날을 내 기일로 삼으시오. 장례 후에는 묘지문과 묘갈墓碣을 쓰지 마시오."라고 하였다. 드디어 다시 중국으로 들어가 형초荊楚[1]의 사이에 거주하였다. 후세 사람들이 그가 거주한 마을의 이름

---

1 형초荊楚 : 형荊은 초楚의 옛 이름으로, 대략 옛날 형주荊州지역에 해당하며 지금 호북호남湖北湖南일대를 말한다.

을 취하여 김농암金籠巖선생이라 칭했다고 한다.

김농암金籠岩은	金籠岩,
매우 높기도 한 바위.	絶巘嵒.
강을 건너 돛을 내리지 않고	渡江不落帆,
편지 부치고 삼가 봉하였네.	寄書愼封函.
딸을 낳고 또 아들 낳거든	生女復生男,
이름지어준 뜻 그대는 모름지기 알리라.	命名卿須諳.
조화朝鞾 조복을	朝鞾與朝衫,
합장으로 영남 땅에 묻어주오.	同穴埋嶺南.
나의 제삿날을 알려거든	要知我夫日,
내가 말 돌려 돌아간 날을 보시오.	視我還故驂.
내가 돌아간 곳을 알려거든	要知我故處,
초수楚水의 아득한 물 깊은 곳.	楚水迷江潭.
그대는 듣지 못했나	君不聞鄭侍中善竹橋頭血如啥,
정시중鄭侍中이 선죽교 위에서	
피로써 반함飯唅한 것을.[2]	
또 듣지 못했나 원처사元處士의	又不聞元處士雉嶽山間孤草庵.
치악산 속 외로운 초막을[3]	
죽어서 또한 무슨 한이 있으며	死亦何所恨,
살아도 또한 부끄러움 없으리.	生亦無所慚.

---

2 정시중鄭侍中이 … 것을 : 정시중鄭侍中은 수문하시중守門下侍中을 지낸 정몽주鄭夢周 (1337~1392)로, 그는 이성계李成桂 일파를 제거하려다 오히려 이를 눈치 챈 이방원李 芳遠에 의해 선죽교에서 머리에 철퇴를 맞고 죽음을 당하였다.

3 원처사元處士의 … 초막을 : 원처사元處士는 고려말 원천석元天錫(1330~?)으로, 그는 진사가 되었으나 고려 말의 혼란한 정계를 개탄하여 치악산에 들어가 은둔생활을 하 였다.

김농암은
하늘이 반드시 살필 것이니
어찌 반드시 고국을 버리고 완전히
참섭參涉함이 없는가.
이역땅에서 늙어 죽음을,
아! 어이 견디랴?

金籠岩,
天必監.
豈必去故絶無參,
老死異域嗟何堪.

김농암은
하늘이 반드시 살필 것이니
어찌 반드시 고국을 버리고 완전히

金籠岩,
天必監.
豈必去故絶無參,

길재야 吉再爺

길재吉再는 선산인善山人으로 호는 야은 선생冶隱先生이다. 고려 공양왕恭讓王 2년, 문하주서門下注書로서 국가가 장차 망할 것을 알고 어머니가 연로하다 핑계대어 벼슬을 버리고 고향으로 돌아갔다. 사방의 학자들과 함께 도학을 강론함에, 말은 반드시 충효를 주로 하니 여항의 부녀들도 또한 감화되었다. 이웃에 한 병졸이 있어 멀리 수자리를 살러 갔는데, 그 처가 강포한 이에게 더럽힘을 당할까 두려워 가시나무로 울타리를 둘러치니 스스로 지킨 것이 거의 십 년이었다. 어느날 밤, 병졸이 수자리에서 돌아와 불러서 문을 열게 하니, 처는 따르지 않고 말하기를 "저는 제 서방님이라는 것을 잘 알고 있습니다. 그러나 밤에 몰래 들어온다면 어찌 제가 반평생 스스로를 지킨 의리이겠습니까? 길재야吉再爺께서 들으신다면 어떠하겠습니까?"라고 하니, 병졸은 드디어 울타리 밑에 머물며 묵었다. 다음날 아침 이웃마을 사람들을 모아 비로소 맞이해 들였다고 한다.

닭은 횃대에서 놀라고	鷄驚塒,
개는 울타리에서 짖고 있네.	犬喧欅.
왼손엔 촛불을 잡고	左持燭,
오른손엔 아이를 이끌었네.	右挈兒.
지게문을 돌아	循庭戶,
당堂의 섬돌로 내려오니.	下堂墀,
문틈으로 말하며	闖門語,
앞을 향해 발돋움하네.	向前歧.
신부는 이별을 생각하고	新婦念離別,
항상 말울음이 슬펐던 것을 생각하네.	常念馬鳴悲.
말이 울면 출정한 사람 돌아와	馬鳴行人至,
문을 향해 두드리지 않겠나?	向門剝啄非.
다시 의심하기를, 추호부秋胡婦[1]는	復疑秋胡婦,
가련하게도 살아서 화락함과 즐거움을 만나지 못하고	可憐其[音奇][2]生不逢和樂且湛,
죽어서는 지아비를 허물에 걸려들게 하였다.	死令夫子羅其訧[마于其切][3].
오늘 밤 문틈으로 말하고	今夜闖門語,
내일은 함께 손잡고 당으로 들어가겠지.	來日共攜手入堂.
금슬琴瑟이 자리에 있으니[4]	惟琴瑟在御,

---

1 추호부秋胡婦 : 추호秋胡는 춘추시대 노魯나라 사람으로 혼인한 지 5일 만에 진陳나라에 벼슬하러 갔다가 5년 후 돌아오는 길에, 길가에서 아름다운 부인이 뽕을 따는 것을 보고 돈을 주어 유혹하고자 하였으나, 부인은 이를 거절했다. 집에 돌아와 어머니가 그 아내를 불렀는데 곧 뽕을 따던 부인이었다. 부인은 길가의 부인을 좋아하고 어머니를 잊어 불효하였으며 여색을 좋아하여 음탕한 것을 분하게 여겨 강에 투신하여 죽었다. 한漢나라 유향劉向의 《열녀전列女傳》, 〈노추결부魯秋潔婦〉 참조.

2 其[音奇] : 其의 음은 '기'이다.

3 訧[마于其切] : 訧의 협음은 '이'이다.

4 금슬琴瑟이 … 있으니 : 《시경詩經》, 〈정풍鄭風〉, 〈여왈계명女曰鷄鳴〉에, 부부의 화락한

위의없음이 없다네.	莫不有儀.
이웃의 길재야吉再爺	有近鄰吉再爺,
남의 선함 보기를 마치 자기가	見人之善若己爲,
행동한 듯하고	
남의 정숙하지 못함 보기를 길재야	見人不淑彼爺反恥之.
도리어 부끄러워하였다네.	
사람들이 말하는 것이야 두려울 것 없지만	人之爲言不足畏,
오직 길재야가 알까 두렵다네.	惟畏吉爺知.

모습을 형용하여 "자리에 있는 금슬도 고요하고 좋지 않음이 없도다[琴瑟在御, 莫不靜好]."라고 하였다.

산유화 山有花

산유화山有花는 본래 선산善山의 시골 여자 향랑香娘의 원가怨歌이다. 향랑은 남편에게 버림받고 친정집으로 돌아왔으나 부모는 생존해 있지 않고 그 숙부가 개가시키려고 하자 울면서 불가함을 말하고 스스로 낙동강에 빠져 죽었다. 강가의 높은 언덕에는 길재선생의 절개를 표창한 지주중류비砥柱中流碑가 있다. 향랑이 죽을 때 봄나물 캐는 여자들과 지주비 아래에서 만났는데 〈산유화곡山有花曲〉을 지어 여자들에게 부르게 하고, 노래가 끝나자 물에 빠져 죽었다. 지금 그 가사는 이미 일실되었는데 성조聲調는 아직까지 영남 지방에 전한다. 매년 봄 산에서 나물 캘 때나 여름 모심기할 때에 길게 목매인 듯한 소리를 들으면 처연하고 서글픔이 이어져 사람들로 하여금 쓸쓸한 폐허의 느낌이 들게 하였다. 옛날 최두기崔杜機[1] 선

---

1 최두기崔杜機 : 1691~1761. 이름은 성대成大, 자는 사집士集, 호는 두기杜機, 본관은 전의全義. 영조 8년(1732) 정시문과에 병과로 급제한 후 세자시강원설서世子侍講院說書·

생의 저술에 〈산유화녀가山有花女歌〉1편이 있어 그 일의 시말始末을 자세히 서술하였다. 그 뒤 신청천유한申青泉維翰[2]이 〈산유화곡山有花曲〉9편을 연달아 짓고는 스스로 말하기를, 한漢나라 악부樂府 9장의 미무薇蕪의 원망함[3]에 가깝다고 하였다 한다.

산유화 위에 강 언덕	山有花上江隖,
지주비 아래 강변.	砥柱碑下江渚.
시름 깊고 연약한 나물 캐는 여자	愁愁惜惜采薪女,
긴 슬픔과 탄식 누구를 향해 말할까?	長傷嗟向誰語.
친정집으로 돌아와 숙부를 뵈니	還故家見猶父,
아! 헤아리지 않고 위협만 하네.	噫不諒以威.
남자는 아내가 있어도 결별하고 떠날 수 있으나	男有婦可決去,
여자는 지아비 있어 재혼할 수 없다네.	女有夫不再許.
남몰래 눈물 흘리며 문을 나서니	潛垂淚出門戶,
봄을 감상感傷하는 마음 앞 포구를 향하였네.	傷春心向前浦.
강물 소용돌이를 바라보며 한참을 머뭇거리다	橫盤渦久延佇,
가볍게 몸을 날려 공이를 던지듯 했네.	輕騰身若投杵.
강중의 노래 여자들과 함께 하고	江中歌女所與,

지평持平·정언正言·승지·대사간 등을 역임하였다. 시문에 뛰어나 김창흡金昌翕 이후 제1인자라 칭해졌으며, 신유한申維翰과 깊이 교유하였다. 문집으로는 그의 시 112수를 모아 엮은 《두기시집杜機詩集》 등이 있다.

2 신청천유한申青泉維翰: 1681~1752. 이름은 유한維翰, 자는 주백周伯, 호는 청천青泉, 본관은 영해寧海. 1713년 증광문과에 병과로 급제하였고, 1719년 제술관으로서 일본에 다녀왔으며 봉상시첨정奉常寺僉正에 이르렀다. 문장으로 이름났으며, 특히 시에 걸작품이 많고 사詞에도 능하였다. 문집으로는 《해유록海遊錄》·《청천집青泉集》 등이 있다.

3 한漢나라 … 원망함: '미무薇蕪'는 약초 또는 향초의 이름으로, 악부고시 〈상산채미무上山采薇蕪〉는 산에 올라가 미무를 캐서 내려오다가 자신을 버린 전 남편을 만나서 원망하는 마음을 토로하고 스스로를 위로한 것이다.

용의 비늘[4]을 타니 참담하게 위태롭고 괴로워라.　憑龍鱗憯危苦.

분홍 저고리 흩날리고 산초와 쌀[5]을 띄우며　揚繻袢汎椒糈,

아름다운 여인 그리며 어디에 슬퍼할고.　褒暖姝悵何所.

원앙새 짝할 수 없고　鴛鴦鳥不可侶,

강리초茳蘺草[6] 먹을 수 없네.　茳蘺草不可茹.

영혼이 담담한 낙동강 가에　魂澹澹洛東滸,

산유화 돌아오는 곳이라네.　山有花故來處.

---

4 용의 비늘 : 용의 비늘과 같은 사물을 뜻하는 것으로, 파도나 물결을 의미한다.

5 산초와 쌀 : 산초와 쌀은 제물祭物을 말한다. 《초사楚辭》, 〈이소離騷〉에 "무함이 저녁나
　절 내려옴이여, 산초와 쌀 품고 가서 맞이하네[巫咸將夕降兮, 懷椒糈而要之]."란 구절이
　있다.

6 강리초茳蘺草 : 일종의 향초香草.

영동신 靈童神

영동신靈童神은 풍신風神이라고도 한다. 영남의 풍속은 매년 중춘仲春에 각 집에서 명수明水[1]를 떠놓고 술과 고기를 갖추어 풍신에게 제사지내는데, 제사는 반드시 어두울 때에 해야 한다. 이 달에는 문상과 송장送葬,[2] 그리고 온갖 상서롭지 못한 것을 꺼리는데, 특히 개를 잡는 것을 꺼린다. 이에 대해 선비들에게 물으니, 이 풍속이 누구에게 시작되었고 언제 시작되었는지는 모두 모른다고 한다.

곡식을 찌고	烹稻粱,
술을 걸렀으나	漉酒漿.
두두리豆豆里[3]를 위함이 아니고	不爲豆豆里,

---

1 명수明水 : 제사 때 쓰는 깨끗한 물.
2 송장送葬 : 영구靈柩를 장지로 보내는 것 또는 죽은 사람을 장사지내는 것.

부엌신에게 아첨하기 위함도 아니다.	不爲媚竈王.
어제의 까마귀	昨日打馬鬼,
다투어 울고 세찬 바람 떨쳤다.	爭鳴烈風揚.
맑고 맑은 명수明水	湛湛明水,
우리 큰 잔을 살피소서.	鑒我大觥[叶姑橫切]4.
별과 달	星兮月兮,
맑고도 빛난다.	旣潔且光.
맑은 계명주로써	淸酤爲酒,
금슬琴瑟에 뿌려 교량을 삼는다.	汎琴瑟爲橋梁.
내 발돋움하여 멀리 바라보면	跂余以望遠,
서늘하게 허공으로 들어간다.	泠然入太虛[叶虛王切]5.
펄쩍펄쩍 춤추는 무당	婆婆女巫,
중얼중얼 미친 듯.	如詝如狂.
애쓰지 않으면	不有所瞖,
어찌 이리 창성하겠는가?	其何能昌.
아 영동신이여	嗟靈童兮,
우리 백성을 어리석게 하는구나.	愚我之民[叶謨陽切]6.

---

3 두두리툐툐里 : 귀신을 가리키는 말로, 주로 남의 몸에 붙는 악귀를 지칭한다.
4 觥[叶姑橫切] : 觥의 협음은 '광'이다.
5 虛[叶虛王切] : 虛의 협음은 '황'이다.
6 民[叶謨陽切] : 民의 협음은 '망'이다.

월명총 月明塚

월명총은 속함군速含郡[지금의 함양부咸陽府] 동쪽 십리 떨어진 수지봉愁智峯 꼭대기에 있다. 세상에 전해오기로 옛날 동경東京 상인이 사근역沙斤驛의 처녀 월명月明을 사랑해서 며칠간 머물렀다 떠나갔는데, 월명이 그리움을 이기지 못해 병을 얻어 죽어서 여기에 묻혔다. 훗날 상인이 와서 그 무덤에서 통곡을 하고 그 또한 죽어서 드디어 함께 묻혔다고 한다.

수레는 돌고 돌며 말은 더디 가는데	車倭倭馬遲遲,
수지령 너머 해 떨어지는 때라네.	愁智嶺落日時.
월명총이 갈림길에 비껴있는데	月明塚橫路歧,
여랑화女娘花는 피고 또 피는구나.	女娘花開復開.
왕손王孫의 풀[1], 가고 아니오는데	王孫草攷不攷,
상인 그 이는 어느 때 돌아오려나?	商人子何時來.
길이 서로 그리워하며 영원히 이별하니	長相憶永別離,

슬프게 돌아와 소리 내어 우는구나.　　　　悲來于擧聲哀.

황천 아래로 감히 따르려 하니　　　　黃泉下敢相隨,

영대英臺의 묘런가 화산華山의 땅이런가.[2]　　英臺墓華山畿.

원앙새와 연리지連理枝[3]여　　　　鴛鴦鳥連理枝,

예전에 있던 것 지금 그것을 보는구나.　　古則有今見之.

---

1 왕손王孫의 풀 : 먼 곳으로 떠나 돌아오지 않는 사람을 사모하는 고사로 사용되는 말이다. 한漢나라 회남왕淮南王 유안劉安이 〈초은사招隱士〉에서 "왕손은 출유出遊하여 돌아오지 않건만, 봄풀은 돋아나서 무성하구나[王孫遊兮不歸 春草生兮萋萋]."라고 한 데서 유래하였다.

2 영대英臺의 … 땅이런가 : 영대는 '양축전설梁祝傳說'로 알려진 중국의 유명한 이야기 속에 등장하는 여주인공 축영대祝英臺를 말한다. 이 비극적 전설의 내용은 대략 다음과 같다. 세도가의 딸인 축영대는 남장을 하고 학교에 다녔는데, 청년 양산백梁山伯은 축영대가 여자인 줄 모르고 친구로 지내다가 그녀가 여자인 것을 알고 난 뒤 청혼을 하였지만 집안이 가난하다는 이유로 거절당했다. 한편 함께 학교를 다니던 마문재馬文才도 축영대에게 청혼을 했는데 축영대의 부모는 마문재를 사윗감으로 선택하며, 이 사실을 알게 된 양산백은 시름시름 앓다가 죽게 되었다. 결혼식 날 마문재의 집으로 가던 축영대는 양산백의 무덤 앞을 지나가게 되었는데, 갑자기 축영대 일행의 수레가 움직이지 않게 되었다. 무덤에 절을 하기 위해 축영대가 수레에서 내려 무덤가로 다가가자 갑자기 무덤이 갈라지면서 축영대는 무덤 안으로 빨려 들어가고, 잠시 후 나비 두 마리가 무덤 밖으로 날아올랐다. 이 이야기는 당나라 중종中宗(683~684) 때 양재언梁載言이 지은 《십도사번지十道四蕃志》에 처음 등장하며, 송대 장진張津의 《건도사명도경乾道四明圖經》에도 등장했다. 한국에서도 조선조에 〈양산백전〉이라는 제목으로 소설화되기도 했다.

　화산華山의 땅이라 한 '華山畿'는 악부의 이름으로 그 유래는 다음과 같다. 중국 남조 송宋 나라 때 한 선비가 화산으로부터 운양雲陽에 가려다가 들른 객사에서 만난 젊은 여인을 보고 상사병이 들어 죽었다. 장사를 지낼 때 그 상여가 여인의 집 앞에 이르러 움직이지 않는데, 여인이 "華山畿, 君旣爲儂死, 獨活爲誰施, 歡若見憐時, 棺木爲儂開"라는 노래를 부르자 관 뚜껑이 열리며 여인이 그 속으로 들어가 합장하게 되었다 한다.

3 연리지連理枝 : 줄기가 다른 두 나무가 서로 이어진 것으로, 애정이 깊은 부부를 비유하는 말로 쓰임. 당 현종玄宗과 양귀비의 사랑을 노래한 백거이白居易의 〈장한가長恨歌〉에 "하늘에서는 비익조 되기 원하고, 땅에서는 연리지 되기 원한다네[在天願作比翼鳥, 在地願爲連理枝]."라는 구절이 있다.

만어석 萬魚石

만어산동萬魚山洞[1]은 밀양부 동쪽 20리에 있는데 동중洞中의 크고 작은 암석들은 모두 종과 경쇠의 소리가 난다. 세종世宗조에 그 돌을 캐어 경쇠를 만들려고 하다가 음률에 맞지 않아 드디어 폐하였다.

어산의 정기	魚山之精,
만석의 골짜기.	萬石之岾.
깃털처럼 부드럽게	纖褷鳧曳,

---

1 만어산동萬魚山洞 : 만어산은 경남 밀양시 단장면과 삼랑진읍의 경계에 있다. '만어'라는 이름이 붙은 것은 해발 670미터쯤에 위치한 수천 개의 바위 무리(너덜겅) 때문이다. 《삼국유사三國遺事》 '어산불영魚山佛影' 조에 따르면, 만어사 경내의 옥지玉池에 독룡毒龍이 살고 있었는데 그 독룡이 만어산의 다섯 나찰녀羅刹女와 왕래 교통하여 4년 동안 비가 내리지 않았다. 수로왕首露王이 주술로 그 재해를 없애려 하였으나 능히 할 수 없었다. 이에 불법의 힘을 빌려 나찰녀가 계율을 받도록 하자 재해가 사라지고 독룡은 바위로 변했다고 한다.

미풍이 일렁이면   微風潝洞.

웅웅 크게 울어   鈜然大鳴,

종과 경쇠 진동하네.   鍾磬震動.

풍산의 종[2]과는 어울리지 않고   豊山不諧,

사빈의 경쇠[3]와 다르네.[4]   泗濱矣往[마尹䗳切][5]

맑은 본래의 성질이   泠然天質,

때리는 것 사양하네.   謝彼推捅.

뒷사람들 우러러보매   來人仰止,

구름이 뭉게뭉게 나오네.   出雲瀚瀚.

---

2 풍산의 종 : 《산해경山海經》에는 '풍산에 아홉 개의 종이 있어 서리가 내리면 운다(豊山有九鐘焉, 是知霜鳴).'라는 구절이 있다.

3 사빈의 경쇠 : 《서경書經》, 〈우공禹貢〉에 '사수 물가의 뜨는 경쇠(泗濱浮磬)'라는 말이 있다. 사수泗水의 가벼운 돌이 경쇠를 만들기에 적합했다고 한다.

4 다르네 : 원문은 '矣往'인데 그 의미가 분명치 않다. 여기서는 문맥을 따라 의역을 하였다.

5 往[마尹䗳切] : 往의 협음은 '옹'이다.

부록

영남악부嶺南樂府 원문

찾아보기

영남악부서 嶺南樂府序

　　書曰: "詩言志, 歌永言, 聲依永, 律和聲." 此樂府之所以興也. 三代之際, 雖匹夫匹婦, 街謠巷歌, 皆可以用之房中, 而播之庭縣. 三代以降, 樂亡而歌詩寖盛, 四始之作, 始不與八音相依爲聲.

　　然嘗歷攷漢魏, 如郊祀之歌, 鐃[1]吹之曲, 子建畫角之弄, 文姬胡笳之拍, 其詞則古, 其旨則微, 其音則瀏亮[2]頓挫, 猶施之搏拊[3]按擊之間矣. 至如唐之白居易, 宋之范成大, 則已不拘聲律, 直言其志, 道其事, 樂府之稱, 徒言而已. 有明李東陽著《西涯樂府》, 別爲一集, 務欲侔擬前古, 力去平率, 則又不知詩本言志之旨也. 當宁戊辰仲夏, 余有河魚之疾, 日寢臥于因樹屋之西軒. 人有示余鄭猻趾《高麗史》數篇, 紙墨刓缺, 不堪便讀. 輒沿洄揣摩, 僅解辛禑二年, 合浦軍謂金鎭爲燒酒徒一段意, 犂然大樂曰: "是可以作樂府矣." 繼爲尋繹謏聞, 質之傍觀, 上自羅代, 下至麗季, 凡爲事屬嶺表, 人係嶺鄉, 則隨遇命題, 逐題成章, 爲日寢久, 篇什良多, 摠以命之曰《嶺南樂府》. 然記誦所及, 考證甚鮮, 是以地廣如尙州, 名碩如安東, 而並闕而無傳. 若其事係本朝, 則旣不能探考事文, 又烏知其不妄誕耶? 謹愼之至, 一不及焉. 至如年代之舛

1　鐃: 저본에는 '鐃'로 되어 있는데 문맥상 '鐃'로 바로잡음.
2　亮: 저본에는 '竟'으로 되어 있는데 문맥상 '亮'으로 바로잡음.
3　拊: 저본에는 '附'로 되어 있는데 문맥상 '拊'로 바로잡음.

差, 事實之僞謬, 或塗人聽見, 而諉之未詳而傲捨之, 或非世談道, 而知其可猒而姑傳之, 是在乎通人韻士, 觀過而恕情, 識繆而賞音耳. 向見茗上丁籜翁流寓湖南六七年, 作爲《耽津樂府》數十章, 流傳京輦, 薦紳家或訾之曰: "是誠有異才, 有異才, 所以爲不祥[4], 不當泚之牙頰也." 嗣是而余又作爲若干篇, 使異時流入京輦, 則薦紳家又將以爲如何? 嗟乎! 言之者無罪, 而聽之者有好惡, 所謂物由人貴賤者也. 余之作此, 盖不擇乎體裁之正, 聲律之嚴, 只以叙其本事, 達其眞情, 如香山 · 石湖之爲則庶矣. 又有望其叶之笙鏞之節, 齒之絺繡之文, 以規媚于薦紳諸君子之列乎也耶?

---

4 祥: 저본에는 '詳'으로 되어 있는데 문맥상 '祥'으로 바로잡음.

금합을 열어보다 啓金盒

後漢光武建武十八年春三月, 駕洛[今金海府]九干我刀·汝刀[1]·彼刀·五刀·留水·留天·神天·五天·神鬼等, 禊飮水濱, 望見龜旨峯, 有異氣, 就視之, 有紫纓繫金盒而下. 啓視, 有金色六卵, 圓如日輪. 奉置我刀家, 翌日, 九人咸會, 又開視, 六卵剖殼, 爲六童子, 年可十五, 容貌甚偉, 衆皆拜賀. 童子日就岐嶷, 歷十餘日, 身長九尺, 衆遂奉一人爲王, 卽首露也. 生于金盒, 因姓金, 國號伽倻, 乃新羅儒理王十八年也. 餘五人, 各故爲五伽倻主, 高靈爲[2]大伽倻, 固城爲小伽倻, 星州爲碧珍伽倻, 咸安爲阿那伽倻, 咸昌爲古寧伽倻. 按, 金富軾《三國史》〈金庾信傳〉, "首露不知何許人也. 後漢建武十八年壬寅, 登龜旨峯, 望駕洛九邨, 遂至其地開國, 號曰'伽倻', 後改爲金官國."

我刀我謌, 汝刀偯偯. 時維風和, 如沐如酡. 龜山之阿, 或寢或訛. 逝占我夢, 吉夢如何. 今日之獲, 弗胾弗殞. 羣笑欨欨, 維盒有昴. 謂櫝爲金, 謂卵爲昔. 徐羅之辟, 以屈羣力.

---

1 汝刀: 저본에는 '女'로 되어 있는데 문맥상 '汝'로 바로잡았으며 뒤에 '刀'가 누락된 것으로 보아 보충함.

2 爲: 저본에는 빠져 있는데 앞뒤 문맥을 고려하여 보충함.

기출변 旗出邊

後漢建武二十四年秋七月, 駕洛許后黃玉, 自阿楡陁國, 渡海而至. 首露命留天干[1]望於望山, 神鬼干望於桑峴. 有緋帆茜旗, 自西南指北而至, 留天等急馳奏, 王乃於宮西設幔殿以迎之. 國人號初來維舟處曰‘主浦’, 解綾袴贄于山靈處曰‘綾峴’, 茜旗入海處曰‘旗出邊’.

繡襦綾袴幾時看, 瑤宮幔殿高接漢. 桑峴落日如金杯, 旗閃旗閃海門廻.

---

1 干 : 저본에는 ‘千’으로 되어 있는데 문맥상 ‘干’으로 바로잡음.

진풍탑鎭風塔

婆娑石塔在金海府東虎溪邊. 凡五級, 其色赤斑, 雕鏤甚奇. 世傳駕
洛普州太后, 自西域來時, 船中載此, 以鎭風濤.

幔殿人初敀, 樓船石不轉. 爲問婆娑裝, 何如鬱林片.

회소가 會蘇歌

儒理王時, 中分六部, 使王女二人, 各率部內女子, 自七月旣望, 每日早集大部之庭績麻, 乙夜而罷. 至八月望, 考其功之多少, 負者, 置酒食以謝勝者. 於是, 歌舞百戲皆作, 爲之嘉俳. 是時, 負家一女, 起舞嘆曰: "會蘇會蘇", 其音哀雅, 後人因其聲作歌, 名會蘇曲. 又今人以八月十五日, 謂之嘉外, 嘉外卽嘉俳之謂也.

會蘇復會蘇, 大家都嗚嗚. 不爲具饍勞, 但恨績麻踈. 施設復施設, 是日嘉俳節. 明活山頭月如盤, 六部兒女如冰雪. 尒家金入頭, 我家秋節遊. 王姬壓坐哂其笑, 金丸[1]束[2]毒爭輪流. 但令女家勤早起, 績麻乙夜紛委庤. 都來側塞寶大部庭, 會蘇會蘇還是尒.

---

1 丸 : 저본에는 '肒'으로 되어 있는데 문맥상 '丸'으로 바로잡음.
2 束 : 저본에는 '東'으로 되어 있는데 문맥상 '束'으로 바로잡음.

시림계 始林鷄

　　新羅脫解王九年, 王夜聞金城西始林樹間, 有鷄鳴聲, 遣大輔匏公往視之, 有金色小櫝掛樹枝, 白鷄鳴其下. 王取櫝開之, 有小兒. 王喜曰: "此豈非天遺我令胤乎." 乃收養之. 名閼智, 以其出於金櫝, 故姓金氏. 是爲金氏之祖, 名其林曰'鷄林', 因爲國號, 閼智七世孫味鄒, 娶助賁王女, 助賁王無子, 味鄒代立. 自此之後, 互相婚姻, 皆爲宗姓.

　　鷄旣鳴矣, 朝旣平矣. 匪衆鷄鳴矣, 始林之聲. 匪昕朝明矣, 金櫝之晶. 閼智之後, 其有世名. 維王維后, 垂九百年[叶奴京切]. 其德日新, 以網羅四夐.

경성내 京城內

進禮城在金海府西三十五里. 世傳首露封其一子爲進禮城主, 設王宮·太子壇·瞻星臺. 今基趾猶存, 居人號爲京城內.

可笑伽倻子, 誰爲進禮君. 方圓八九里, 是亦京城云.

치흔왕 齒痕王

　新羅南解王薨, 儒理王以南解遺命, 讓位於脫解, 脫解曰: "神器大寶, 非庸人所堪. 吾聞聖智人多齒, 以餅噬之." 儒理齒痕多, 遂立焉. 號尼斯今, 亦號尼叱今, 方言齒痕也. 後世遂爲君王之稱.

　尼斯今, 民之所瞻. 爾惟南解[1]之聖骨, 而當主徐耶伐[2]. 是以民視爾次次雄, 而當庇于臨海宮. 麭哉麭哉而有人鬠齒哉, 鬠齒哉惟天之詒. 尼斯今, 是以有名言哉.

1　解: 저본에는 '海'로 되어 있는데 문맥상 '解'로 바로잡음.
2　徐耶伐: 저본에는 '除邪伐'로 되어 있는데 문맥상 '除'→'徐', '邪'→'耶'를 이르는 말로 보아 '徐耶伐'로 바로잡음.

영오랑 迎烏郎

新羅阿達羅王時, 東海濱有人, 夫曰'迎烏郎', 妻曰'細烏女'. 一日, 迎烏[1]採藻海濱, 忽漂至日本國小島爲王, 女尋夫至其國爲妃. 是時, 新羅, 日月無光, 日官奏云: '迎烏細烏, 日月之精, 今去日本, 故有斯怪.' 王遣使求二人焉, 迎烏曰: "我到此, 天也." 乃以細烏所織綃付之, 令用此祭天. 使者來奏, 如其言而祭之於池上, 日月復光, 命藏綃於御庫. 因名其池曰'日月池', 縣曰'迎日'[今延日縣]. 按高麗初, 改臨汀爲迎日縣, 則非始於新羅阿達羅王時矣. 且迎烏之說, 不見於金富軾《三國史》及權近《東國史略》, 而獨見於《三國遺事》, 無足取信也.

誰謂迎烏郎, 而令日無光. 誰謂細烏女, 飜令日笻去. 迎烏採藻奴, 細烏織作姑. 當頭不識日卯邜, 生來見日地上走.

---

1 烏 : 저본에는 '鳥'로 되어 있는데 문맥상 '烏'로 바로잡음.

물계자 勿稽子

勿稽子, 鷄林人. 奈解王時, 骨浦·漆浦[或云今興海郡[1]]·古浦[或云今慶山縣], 三國攻竭火城, 王率兵救之, 大破其師. 勿稽斬獲數十餘級, 及其論功, 不見錄. 乃語其妻曰: "爲臣之道, 見危則致命, 臨難則忘身, 前日浦上竭火之役, 可謂危且難矣, 而不能以致命忘身聞於人, 是不忠也. 不忠而事君, 累及先人, 可謂孝乎? 旣失忠孝, 將何面立朝乎?" 遂攜琴入師彘山, 不返.

盡忠須似勿稽爲, 懋賞毋如竭火時. 師彘山按琴日, 邦人如憶介之推.

---

1 或云今興海郡 : 저본에는 본문과 같은 크기의 글씨로 되어 있는데 문맥상 주석으로 판단되어 괄호 안에 넣어 원주로 처리하였음.

초선대 招仙臺

招仙臺, 在金海府東七里, 廣野中小石山也. 駕洛居登王, 招七點山 旵始仙人, 旵始棄舟抱琴而來, 相與懽戲, 因以爲名. 王所坐蓮花石與 石碁盤, 至今猶存. 臺西立大石, 有巨人像, 俗傳居登像也.

招仙臺遲仙時, 蓮石日曨曨. 旵始公來何遲, 居登王愁欲迷. 橈聲至 莫鑾儀, 琴聲好莫朝衣. 旵始公何敀, 居登王不云罷.

장부인 䴴夫人

按,《開寧縣志》, 縣西熊峴里, 有甘文䴴夫人塚. 甘文, 國名.《東史》新羅助賁王二年, 伐甘文滅之是也.

甘文大王厥初鴻荒, 非䴴非狂而取于䴴. 雖無嬪嬙而有淑良, 雖無子姜而有庶民. 彼挺而亡猶可踣僵, 此靜而美尤何其臧.

박제상 朴堤上

朴堤上, 新羅始祖赫居世之後, 仕爲歃良州[今梁山郡]干. 先是, 實聖王遣奈勿王子未斯欣質倭, 又遣未斯欣兄卜好質高句麗. 訥祗王立, 思得辨士往迎之, 堤上請行. 至句麗, 說王得同故, 王喜曰: “念二弟如左右臂, 今只得一臂, 奈何?” 堤上拜辭, 不入家, 至倭國, 紿言, “王殺我父兄, 故逃來.” 倭王信之. 堤上與未斯欣, 椉舟若遊玩者, 倭人不疑. 堤上勸未斯欣潛還, 未斯欣欲與偕故, 堤上曰: “俱去, 恐謀不成.” 未斯欣去旣遠, 倭王囚堤上問曰: “何竊遣王子?” 對曰: “臣是鷄林臣, 欲成吾君之志耳.” 倭王怒曰: “言鷄林臣, 必具五刑.” 命剝脚下皮, 刈蒹葭, 使趨其上, 問曰: “何國臣?” 曰: “鷄林臣.” 又使立熱鐵上, 問曰: “何國臣?” 曰: “鷄林臣.” 倭王知不屈, 燒殺之. 妻率三娘, 上鵄述嶺, 望倭國哭死.

剝脚皮豈不悲, 臣實鷄林兒. 立熱鐵豈不熱, 臣亦鷄林說. 但使未斯欣, 得見徐羅君. 死亦鷄林鬼, 生亦鷄林臣. 朴堤上何其壯, 夫忠婦節竟兩全, 哀聲遙述[1]相望.

---

1 述: 저본에는 ‘逑’로 되어 있는데 문맥상 ‘述’로 바로잡음.

묵호자 墨胡子

新羅訥祗王時, 有稱墨胡子者, 自高勾麗來, 止一善[今善山府]之道
開部曲[在府東二十里]毛禮家, 禮作窟室處之, 旣而辭去. 後有阿道者,
與侍者三人, 亦至禮家, 儀表似墨胡子, 居數年, 無疾而終. 侍者留講經
律, 往往有信奉者, 爲新羅佛法之始.

墨胡子胡來此, 誰呼爾來入國裏. 毛家奴皐罔迿, 窟中養客胡爲乎.
東京丈六金百藪, 徐盧佞佛皆爾祖. 墨胡子誰敢侮, 當年悔不槌殺虜.

용저악 春杵樂

百結先生失其名, 新羅慈悲王時人, 家至貧, 衣百結, 因號之. 善操琴, 凡喜怒悲歡, 必於琴宣之. 歲將暮, 鄰里舂粟, 其妻聞杵聲曰: "人皆舂粟, 我獨無, 何以卒歲?" 先生嘆曰: "死生有命, 富貴在天, 汝何傷乎?" 乃鼓琴, 作舂杵聲以慰之, 其後世傳以爲碓樂.

許許舂杵, 舂杵許許. 枯梧爲碓趺,[1] 指爪[2]共張擧. 隆隆橐橐, 聲振環堵. 何以抒之, 仰天摍缶. 何以簸[3]之, 百結襤褸. 彼以其粒米, 我以吾宮羽. 歲時之筵, 以娛我兒女, 是爲我舂杵.

---

1 趺: 저본에는 '跌'로 되어 있는데 문맥상 '趺'로 바로잡음.
2 爪: 저본에는 '瓜'로 되어 있는데 문맥상 '爪'로 바로잡음.
3 簸: 저본에는 '籤'로 되어 있는데 문맥상 '簸'로 바로잡음.

달도가 怛忉歌

　　本朝金佔畢宗直東京七詠, 其〈怛忉歌〉曰: ‘怛忉復怛忉, 大家幾不保.’ 俚言怛忉, 謂悲愁而禁忌也. 按, 新羅炤智王十年正月十五日, 王幸天柱寺, 有烏鼠之怪, 令騎士追烏. 至避邨, 見兩猪相鬪, 留連見之, 失烏所在. 有老翁自池中奉書而出, 題云: ‘開見, 二人死, 不開, 一人死.’ 騎士獻于王, 王曰: “與其二人死, 寧勿開.” 日官曰: “二人者庶人也, 一人者王者也. 請開之.” 開見, 書曰: ‘射琴匣’. 王還宮, 見琴匣射之, 飮羽血濺. 乃內殿焚修僧, 與王妃潛通者也. 妃與僧伏誅. 　國人以爲若非烏鼠龍馬猪之功, 王之身憊矣, 以正月上子上辰上午上亥等日, 忌愼百事, 謂之愼日. 又以上元日, 爲烏忌日, 用稬飯祭之. 今俗上元, 以稬米飯和油蜜栗棗, 名曰‘藥飯’, 祭祀賓客, 以爲時食. 卽沿東京舊俗也.

　　怛忉怛忉上元昧, 黿烏驚飛鼠迸逃. 池中之叟何所操, 開書二人死, 不開一人旣[叶戶賄切]. 宮庭臨海門, 中宮乃旣水. 錦臂韝金鏷鏇[1], 王乎王乎莫躕躇. 射琴匣血糢糊. 嘻吁乎嘻吁乎, 神不可問, 人不可信. 王乎王乎, 當日焚修太親近.

---

1 鏷鏇 : 저본에는 ‘鏷鍏’이라고 되어 있는데 ‘鍏’는 ‘鏇’의 잘못 인듯하다. ‘鏷鏇’는 화살 이름이다.

풍월주 風月主

法興王元年, 選童男容儀端正者, 號風月主, 求善士, 爲徒衆, 以勵孝悌忠信. 初新羅君臣患無以知人, 欲使類聚羣遊, 以觀行義, 然後擧而用之. 遂簡美女二人, 奉爲源花, 曰'南毛' 曰'俊貞', 聚徒三百餘人. 二女爭妍相妒, 俊貞置酒私第, 强勸南毛, 酒至醉, 投之河. 其徒得其屍以告, 俊貞伏誅, 遂廢源花. 其後更取美鬚男子, 粧餙之, 名花郎. 徒衆雲集. 或相磨以道義, 或相悅以歌樂, 遨遊山水, 無遠不[1]至, 因此知人邪正, 擇而用之.

花郎風月主, 蠶首好口輔. 徐耶八百徒, 遨頭太媚嫵. 向者源花宅, 枉死南毛侶. 南毛死後風月閑, 敎爾得意行六部.

---

1 不: 저본에는 빠져 있는데 앞뒤 문맥을 고려하여 보충함.

구형왕 仇衡王

新羅法興王十九年, 金官國主金仇亥, 與妃及三子, 以國帑寶物來
降. 王待以賓禮, 以其國爲食邑. 子武力仕至大角干. 按, 釋坦瑛〈王山
寺記〉, "山陽[今山淸縣]縣之西, 有山曰王山, 寺曰王寺, 上有王臺, 下
有王陵, 寺本王水晶宮, 陵乃駕洛第十葉仇衡王所瘞之玄宮也. 蕭梁大
統八年, 新羅法興王來攻于駕洛, 駕洛仇衡王, 不忍以土地傷民, 遜國
于新羅, 降爲金官郡都督. 後幷其食邑而舍之, 來居于此, 因卒而葬之.
今山中累石爲邱, 俗傳王陵者是也."

車轔轔騎駃駃, 突將西來躪海瀕. 仇衡王可憐人, 殺民保國非吾仁.
鷄林東望出興櫬, 金官湯沐哀燒爐. 與桂花君空門作埽汛, 山中福田水
晶宮. 但願奕世爲侯公, 仇衡王國雖終, 奴宗武力猶英雄.

팔관회 八關會

八關會, 本新羅眞興王所刱爲, 與會有八誡, 一曰不殺生, 二曰不偸盜, 三曰不淫泆, 四曰不妄語, 五曰不飮酒, 六曰不坐高大牀, 七曰不著香華, 八曰不自樂觀聽. 按, 高麗太祖〈訓要〉曰: "燃鐙[1], 所以事佛, 八關, 所以祀天靈及名山大川龍神也." 然其誡, 首擧不殺生及不偸盜淫泆妄語飮酒, 亦皆佛家誡律, 則是必兼事佛氏者也.

莫擎香華裳, 莫奠高大牀. 往日無遮場, 來日八關裝. 捨米萬斛淸淘漿, 用鐙千顆[2]窮殊粧. 誰其作之眞興王, 誰其主之眞興宮[叶俱王切]. 天王帝釋俱渺然, 茫于嗟八關徒奔蹌.

---

1 鐙: 등자라는 뜻을 지니고 있지만, '燈'과 통용된다. 여기서는 등불의 뜻으로 쓰였다.
2 顆: 저본에는 '顚'으로 되어 있는데 문맥상 '顆'로 바로잡음.

가야금 伽倻琴

　大伽倻[今高靈縣], 嘉悉王時, 樂師于勒, 倣秦箏之制, 爲琴號伽倻琴. 今縣北三里, 有地名琴谷, 世傳勒率琴工, 肄琴處. 按,《高麗史》〈樂志〉, 新羅古樂伽倻琴曲十七曲, 皆鄙俚, 不足傳道. 琴有十二絃, 今盲師市乞最能操弄. 時人不甚重之.

　伽倻琴, 思錦林. 絃柱一十二, 千年于勒心. 河臨嫩竹[1]復誰尋. 今日市人手, 靈山五拍徒繁音.

---

1 河臨嫩竹 : 저본에는 '河臨嫩行'으로 되어 있는데 '行'은 '竹'의 잘못이다.《삼국사기》 권32, 〈잡지〉, '樂' 조에 "가야금에는 두 음조가 있는데, 하나는 하림조요 나머지는 눈죽조이며, 모두 185곡이었다[加耶琴有二調, 一河臨調, 二嫩竹調, 共一百八十五曲]."고 하였다.

비형랑 鼻荊郎

鼻荊郎, 或稱木郎, 亦名豆豆里. 按,《三國遺事》, 新羅眞智王, 聞[1]沙梁部桃[2]花娘之美, 召[3]致宮中, 欲幸之. 娘曰: "妾有夫, 雖死靡他." 王戲曰: "無夫則可乎?" 曰: "可." 是年王薨, 後二年, 娘夫亦死. 浹旬夜, 王如平生到娘室曰: "汝昔有諾, 今無夫, 可乎?" 留御七日, 忽然不見. 娘遂有娠, 生子, 名曰'鼻荊'. 眞平王收養宮中, 年十五, 每夜飛過月城, 西至荒川岸, 與鬼衆遊. 王使鬼衆, 成[4]橋於神元寺北渠, 荊使其徒鍊石, 一夜成大橋, 因名鬼橋. 又薦吉達者, 創樓門於興輪寺, 名吉達門. 一日, 達變狐而遁, 荊使鬼捕殺之, 自後, 其衆聞鼻荊名, 怖畏而走. 時人作詞曰: '聖帝魂生子, 鼻荊郎室亭. 飛馳諸鬼衆, 此處莫留停.' 州俗至今貼此詞于門以辟鬼. 此東京事豆豆里之始. 高麗高宗十八年, 蒙古元帥撒禮塔之來也, 東京馳奏, 有木郎言, 我已到敵營, 元帥某某人也, 我等五人, 欲與交戰, 期以十月十八日, 若送兵鞍馬, 我等便當報捷. 因以詩寄崔瑀曰: '壽夭災祥非一貫, 人人居此未曾知. 除災致福是難事, 天上人間捨我誰.' 瑀信之, 私備畫轡鞍馬, 遣內侍金之

---

1 聞 : 저본에는 '間'으로 되어 있는데,《삼국유사》에 의거해 바로잡음.
2 桃 : 저본에는 '祧'로 되어 있는데,《삼국유사》에 의거해 바로잡음.
3 召 : 저본에는 '名'으로 되어 있는데,《삼국유사》에 의거해 바로잡음.
4 成 : 저본에는 '城'으로 되어 있는데,《삼국유사》에 의거해 바로잡음.

蓆送之, 其後無驗.

莫强梁鼻荊郎. 爾父眞智鬼, 爾母桃花娘. 一人一鬼非倫常, 鼻荊之生殊荒唐. 南川[5]鍊石誰所命, 興輪戮狐尤難詳. 豆豆木郎名不良, 門神急況嗟愚狂. 君不見三家藪, 畫罇鞍馬空相望.

---

5 川: 저본에는 '天'으로 되어 있는데, 문맥상 '川'으로 바로잡음.

성제대 聖帝帶

帶本新羅眞平王所御, 長十圍六十二銙, 俗稱聖帝帶. 國人謂之有神, 爲鎭國之寶, 藏之南庫. 高麗太祖二十年, 金傅旣降于高麗, 傳獻于太祖.

莫進獻聖帝帶, 可當進獻寧椎碎. 唐裝六十銙, 南帑四百載. 金光水色月出遊, 眞平後國無害. 冬十一月柳花宮, 東京至者相負戴. 宮門百貨來委輸, 抒以獻王何所無. 豈必聖帝以爲好, 嗚呼不克前王孝.

왕이여, 가지 마소서 王毋去

金后稷, 新羅眞平王時人. 王好田獵, 后稷切諫不聽. 將死, 語其子曰: "我爲人臣, 不能匡君之惡, 我死, 遂瘞於王遊田路側." 其子從之. 他日王出獵, 中路有聲若曰: "王毋去." 王聞問之, 從者曰: "金后稷墓也." 遂諫臨死之言. 王潸然出涕, 終身不復田獵. 人謂之墓諫也.

王毋去, 王不聽余反余怒. 生不能裨君, 死以葬來路. 王毋去, 王之好獵今猶故. 生不能盡言, 死亦以一語王毋去. 王毋去, 王庶聽余一回顧. 忠誠九地尙凜然, 古之遺直阿飡墓[1].

---

1 墓: 저본에는 빠져 있는데 앞뒤 문맥을 고려하여 보충함.

김화랑 金花郎

金庾信, 東京人, 父舒玄. 庚辰夜, 夢熒惑降於己母萬明, 娠十二月而生. 父以[1]庚與庚字相似, 辰與信聲相近, 遂名之. 年十五, 爲花郎, 時人洽然服從, 號龍華香徒. 後以平百濟高句麗功, 授太大舒發翰[2]之職, 食邑五百戶. 文武王[3]十三年薨, 興德王追封爲興武大王.

金花郎國之光, 行年十五龍華香. 文猷武略百難當, 句麗百濟竊驚惶, 今人誦爾興武王.

---

1 以 : 저본에는 '以' 자 뒤에 같은 글자가 더 있는데, 연문衍文으로 보아 삭제하였음.
2 翰 : 저본에는 '輪'로 되어 있는데, 문맥상 '翰'으로 바로잡음.
3 王 : 저본에는 빠져 있는데 앞뒤 문맥을 고려하여 보충함.

천관녀 天官女

　　金庾信爲兒時, 其母萬明, 日加嚴訓, 不妄交遊. 一日偶宿女隷家, 母面敎之曰: "我已老, 日夜望汝成長立功名, 今乃與屠沽小兒遊戲淫房酒肆耶?" 號泣不已. 庾信卽於母前, 自誓不復過其門. 一日被酒還家, 馬遵舊路, 誤至女家. 女忻且怨, 垂泣出迎. 庾信旣寤, 卽斬所乘馬, 棄鞍而返. 女作怨詞一曲傳之. 按,《東京襍記》, 天官寺在慶州府五陵東, 卽舊天官家也. 或云天官, 其女名也.

　　天官女莫唬怒, 門前斬馬何足云. 悔不與女上聲剸其臍. 宮中智照王所嬌, 猶常侍母以獨處. 金家角飡不凡人, 山中斷石天所與. 娘臂城前擊賊時, 斬馘五千力超距. 天官女應始知, 公之義烈本如許.

송화방 松花房

角干金庾信宗女財買夫人死，葬靑淵谷，每春，同宗士女，讌集谷中．于時百卉敷榮，松花滿谷，架木爲菴，名之曰‘松花房’．

松花香，請爲松花房．南山禽去北山叫，高田水下低田光．時節遽不待，那不憶財買．財買少時劇風流，財買死後神猶在．上房花霏霏，下房花滿衣．花滿衣莫須觸，留與年年財買思．

원효대사 元曉師

太宗王時, 僧元曉, 每唱歌於路云: '誰許沒柯斧, 我斫支天柱.' 王聞之曰: "此師欲得貴婦産賢子也. 國有大賢, 利莫大焉." 時瑤石宮有宗室寡婦, 王勅宮吏覓元曉, 自南山來, 過楡橋遇宮吏, 佯墮水中. 吏使元曉至宮, 曬衣袴, 因留宿, 寡婦果有娠, 生子, 卽薛聰. 後官至翰林, 高麗顯宗時, 追贈弘儒侯, 從祀文廟. 今以本國俚語爲吏札, 行於官府者, 皆聰製之也.

誰將沒柯斧, 去斫支天柱. 誰引元曉師, 指向瑤石所. 宮中貴婦顔如霞, 燕子銜花入新窠. 來時試訪恒沙洞, 前日吾魚定逝它.

김원술 金元述

元述[1], 庚信之子. 法敏王納高句麗叛[2]衆, 復據百濟故地, 唐高宗聞之怒, 命將來討. 王遣將軍義福等, 禦于帶方之野, 敗績, 元述欲戰死, 爲淡淩所止. 及還京, 庚信曰: "元述不惟辱王命, 亦負吾家訓, 可斬也." 王赦之. 元述慚, 不敢見父, 遁於田野. 父卒, 求見母, 母曰: "元述, 旣不得爲子於其父, 吾焉得爲其母乎?" 終不見之. 元述歎曰: "爲淡淩所誤, 至於此極." 乃入太白山, 憤恨不仕, 以終其身.

可惜金元述, 中軍第一骨. 君命且不支, 家瀗况何恤. 前日帶方城, 敢死誰與爭. 寧如丕寧死, 其與淡淩生. 生亦不面父, 死亦不面母. 滐滐太白山, 雖深容汝不.

---

1 述: 저본에는 '逑'로 되어 있는데 '述'의 오류로 보아 바로잡았다. 이하 이 시문의 '述'자는 모두 '述'로 바로잡음.

2 叛: 저본에는 '判'으로 되어 있는데 《삼국사기》, 〈김유신열전〉에 의거해 바로잡음.

만파식적 萬波息笛

神文王時, 東海中有小山, 隨波往來. 王使人汎海入, 山有竹一竿. 命作笛吹之, 兵退病愈, 旱雨雨晴, 風定波平. 號萬波息笛, 孝昭王時, 加號萬萬波波息笛.

山搖搖, 竹蕭蕭. 山來竹遭斬, 山去竹歡號. 但使時豐人和海不揚濤, 千秋萬歲翊王朝.

장미 여인 薔薇女

　薛聰, 字聰智, 元曉之子. 神文王嘗燕居, 引聰謂曰: "今日宿雨初晴, 南風微凉, 高譚善謔, 可以舒鬱. 子必有異聞, 盍爲我陳之?" 聰曰: "唯, 臣聞昔花王之始來也, 植之香園, 護以翠幕[1], 當三春而發, 豔百花而獨出. 於是豔豔之靈, 夭夭之英, 無不奔走上謁. 忽有一佳人, 名曰薔薇, 鮮糚靓服, 綽約而前曰: '聞王之令德, 願爲薦枕席於王所.' 又一丈夫, 名曰白頭翁, 戴白持杖, 傴僂而進曰: '僕處京城之外大道之傍, 竊謂左右供給, 膏粱雖足, 巾衍儲藏, 須有良藥. 故曰雖有絲麻, 無棄菅蒯, 不知王亦有意乎. 凡爲君者, 莫不親近老成而興, 昵比夭豔而亡. 然夭豔易合, 老成難親, 自古如此, 吾其奈何.'" 語未[2]卒, 王愀然作色曰: "子之言, 諷諭深切, 請書之, 以爲戒."

　薔薇可憐色, 敵我花王國. 百卉困風霜, 於時見荊棘. 翹翹白頭翁, 進身嗟無力. 安將寸草心, 去補馨香德.

---

1 翠幕 : 저본에는 '翠幕冠'으로 되어 있는데 '冠'이 연문衍文으로 여겨져 생략하였음.
2 未 : 저본에는 '本'으로 되어 있는데 문맥상 '未'로 바로잡음.

옥보고 玉寶高

玉寶高, 沙粲恭永之子, 景德王時人也. 少時, 入智異山雲上院, 學琴五十年, 自製新調三十曲, 彈之, 有玄鶴下舞, 遂名玄鶴琴, 又云玄琴. 按, 金馹孫《濯纓集》, "高麗王山岳善操琴, 玄鶴下舞, 因名玄琴." 未詳孰是. 今慶州府南六里, 有金鰲山, 山頂有琴松亭, 是寶高彈琴處.

海上三金鰲, 山人玉寶高. 高峯五千丈, 草木皆琴想. 琴聲落海涯, 玄鶴漂何之. 山中三十曲, 千古誰能續.

죽죽사 竹竹詞

竹竹, 大耶州[今陜川郡]人. 善德王時, 爲舍[1]知, 佐本州都督金品釋幢下. 百濟將軍允忠, 來攻州城, 品釋不能守, 自刎而死. 竹竹收餘卒, 閉城門以拒之, 龍石謂竹竹曰: "今兵勢如此, 不若生降以圖[2]後効." 畣曰: "吾父名我以竹竹者, 使我歲寒不凋, 可折而不可屈, 豈可畏死而求生乎?" 遂力戰. 城陷, 與龍石同死. 王聞之, 震悼, 贈竹竹級飡, 龍石大奈麻.

寧爲死竹竹, 莫爲凡草木. 翹翹龍石間, 可折不可曲. 西風泄河來, 歲寒增蒼綠. 哀哀大耶城, 斬伐故邊陸. 竹竹在世時, 脩幹蔽南國. 今日竹竹死, 顧名眞不惡.

1 舍: 저본에는 '含'으로 되어 있는데 문맥상 '舍'으로 바로잡음.
2 圖: 저본에는 '啚'로 되어 있는데 문맥상 '圖'로 바로잡음.

용치탕龍齒湯

　　昭聖王二十年, 上大等忠恭, 坐政事堂, 注擬內外官, 請託坌至. 忠
恭莫能擧措, 感疾而退, 召醫診之, 曰: "病在心臟, 須服龍齒湯." 遂杜
門謝賓客. 執事侍郎祿眞請見, 門者拒之, 祿眞曰: "下官非不知相公謝
客, 願獻一言以開鬱悒之懷耳. 不見不退也." 門者三復, 乃見. 祿眞曰:
"伏聞氣體不調, 得非早朝晚罷, 蒙犯霧露, 傷榮衛之和, 失支體之安
乎." 曰: "未也." 祿眞曰: "然則公之病不須砭石, 可一言理之." 忠恭
曰: "可得聞乎?" 祿眞曰: "彼梓人之作室也, 材大者爲樑柱, 小者爲榱
椽, 枉者直者, 各安其所, 然後大廈成焉. 宰相之爲政也, 亦然. 才大者
置高位, 小者授下官, 內則大官百執事, 外則方伯郡守, 朝無闕位, 皆得
其人, 然後[1]王政成焉. 今則不然. 徇私而滅公, 爲人而擇官, 愛之, 雖不
才必進, 憎之, 雖有能必斥, 取舍勞其心, 是非亂其志, 不獨害於國事,
爲之者亦病矣. 若其當官淸白, 莅事恪恭, 杜貨賂之門, 絶請託之路, 黜
陟必以幽明, 予奪不以愛憎, 如衡焉, 不可枉以輕重, 如繩焉, 不可欺以
曲直. 如是則刑政允擧, 國家和平, 雖日開公孫之閣, 置曹參之酒 與朋
友故舊. 談笑自樂, 可也. 又何必區區服餌之間, 徒自費日廢事爲哉?"
忠恭悅. 謝醫朝王, 王曰: "謂卿剋日服藥, 何遽來朝?" 對曰: "臣聞祿

1　後: 저본에는 빠져 있는데 앞뒤 문맥을 고려하여 보충함.

眞之言, 同於藥石, 豈止飲龍齒湯而已哉?” 因爲王陳之, 王曰: “寡人爲君, 卿爲相而有人如此, 不可使儲君不知也.” 太子入賀曰: “臣聞君明則臣直, 是亦國家之美事也.”

朝一服龍齒湯, 暮一服龍齒湯. 不濟事彌, 今熱心腸. 杜門謝客眞亡陽. 朝聞祿眞語, 暮卽朝當宁. 百寮盡驚疑, 儲君獨拜舞. 苞苴不行干謁沮. 臣心水至淸, 臣識如衡平. 出門乃敢談笑行, 昨者之疾今則愈, 何必要人龍齒烹.

처용무 處容舞

　新羅憲康王遊鶴城[今蔚山府]至開雲浦, 忽有一人, 奇形詭服, 詣王前歌舞. 讚王功德. 從入京, 自號處容, 每月夜, 歌舞於市, 竟不知所在, 時以爲神. 後人名其歌舞處, 曰'月明巷', 在今慶州府金城南. 因以作處容舞・處容歌, 今掌樂院製假面, 頭頷幾長三尺, 被服按五方色, 疴傻作舞者, 是也.

　若有人兮秋浦雲, 姣采服兮殊倫. 朱絲衣兮鞠裳, 紫貝齒兮鳶肩. 聞夫君兮靈壽, 橫六龍兮倏當. 先安歌兮曼儞, 北市兮西廛. 總六部兮靡靡, 烝以女兮威神. 徠不時兮去不返, 橆白龍兮蕩海津. 川寂寂兮多風巷, 月明兮無人. 三尺頦兮五方衣, 懷夫君兮徒紛紜.

포석정 鮑石亭

亭在慶州府南七里, 鍊石作鮑魚形置亭下, 故名鮑石亭. 其下爲流觴曲水, 遺跡至今宛然. 新羅景哀王, 與妃嬪宗戚, 出遊此亭, 置酒娛樂. 甄萱兵猝至, 王與妃走匿城南離宮, 伶官宮女, 皆被萱縱兵大掠, 入處王宮, 逼王自盡, 强辱王妃, 縱其下亂妃嬪, 虜王弟孝廉及宰臣美景等, 取子女百工兵仗珍寶而去. 亭今廢, 遺址在金鰲山西麓.

騎行駁踏馬連嘶, 宮姬走報賊大來. 王乎沈醉謾不精[1], 流觴曲水何遲回. 金鰲五峯翕復開, 琴松一枝風快哉. 王妃宗女莫謾哀[2], 宮中乞死非人催. 辰韓六部空風埃, 嗚呼鮑石爲厥媒. 君不聞門外韓擒虎樓頭張麗華, 良史一言誠可欸.

---

1 精: 저본에는 '糈'으로 되어 있는데 문맥상 '精'으로 바로잡음.
2 謾哀: 저본에는 '哀謾'으로 되어 있는데 문맥상 '謾哀'로 바로잡음.

동경구 東京狗

柳得恭東京懷古詩註, 慶州山形北方虛, 故多産短尾狗, 今俗名短尾狗, 爲東京者以此, 東京女子, 綰髻於腦後, 謂之北髻, 亦塞後之意也. 此說不知出於何記. 按,《隋書》〈外夷列傳〉, 新羅之俗, 婦人辮髮繞頭[1], 殊甚無謂. 盖本國之俗, 室女則皆北髻, 旣嫁則辮髮, 左右雙綰在頂. 俗名達義, 徧國皆然. 未知東京之俗, 果尙有此髻者也.

東京狗尾短後, 東京女北髻首. 狗短尾自可嗾, 北髻女不可偶. 南京女雙髻糾, 見婦北髻. 謂是室女, 不謂是婦.

---

1 按 … 婦人辮髮繞頭 : 저본에는 이 부분이 두 번 반복된다. 이는 필사 시에 나타난 오류라 생각되어 바로잡음.

황창랑 黃昌郎

按,《慶州府志》"黃昌[1]郎新羅人, 世傳昌年七歲, 入百濟, 市中舞釰, 觀者如堵, 百濟王聞之召觀, 命升堂舞釰, 昌郎因刺王, 國人殺昌郎. 羅人哀之, 像其容爲假面, 作釰舞之狀, 至今傳之." 又按, 李詹〈黃昌郎辨〉曰: "乙丑冬, 客于鷄林, 府尹裵公設鄕樂以勞之. 有假面童子, 舞釰于庭, 問之, 云: '羅代有黃昌者, 年可十五六歲, 善舞釰, 謁於王曰: "臣願爲王擊百濟王, 以報王之仇." 王許之, 則往舞於通衢, 國人觀者如堵. 王聞, 召至宮中, 使舞而觀之, 昌擊於座殺之, 遂爲左右所害. 母聞, 號哭遂喪明. 人有爲其母謀還其明者, 令人釰舞於庭, 紿之曰: "昌來舞矣, 前言誣耳." 母大喜泣, 卽還明, 以昌幼而能死事, 故載之鄕樂流傳云.'" 此說差近理, 世豈有七歲而能爲荊聶之事者乎! 尤侗〈朝國竹枝詞〉云: '小兒七歲號黃昌, 舞釰能誅百濟王.' 是必沿傳說之誤耳. 金佔畢宗直〈黃昌郎歌〉云: '若有人兮纏離韶, 身未三尺何雄驍.' 夫離韶則已踰七歲矣, 然則當以李說爲正.

郎當郎當, 左血拇右趾傷. 翩然來者黃昌郎, 昨爾擁長鋩. 去刺沘河王[2], 爾是秦舞陽. 奈何秦國强, 人乎鬼乎何恨恨. 應憶爾孃血泣望, 西

---

1 昌: 저본에는 '倡'으로 되어 있는데 '昌'의 오류로 보아 바로잡음. 이하 이 시문의 '倡'은 모두 '昌'으로 바로잡았음.

風吹爾置孃傍. 黃昌孃黃昌孃, 前言誤爾不須信. 黃昌來舞兮, 盍卽開
眼眶.

2 泚: 저본에는 '泄'로 되어 있는데 문맥상 '泚'로 바로잡음.

효불효 孝不孝

世傳新羅時, 有七子之母, 所私在水南, 伺其子寢, 往來之. 其子相謂曰: "母涉水夜行, 於子心安乎?" 乃作石橋. 母慚而改行, 時人名其橋曰'孝不孝', 橋在慶州府東六里.

南灘之水, 白石齒齒, 寧與皆亡, 而俾母[1]履, 鷪鷪鳴鷉, 在彼苞蕭, 有子七人, 而俾母[2]勞, 謂而不孝, 猶庶自効, 謂而爲孝, 有靦面頯.

---

1 母: 저본에는 '母'로 되어 있는데 문맥상 '毋'로 바로잡음.
2 母: 저본에는 '母'로 되어 있는데 문맥상 '毋'로 바로잡음.

유두연 流頭宴

東都遺俗, 以六月十五日, 沐髮東流水, 因爲稧飮, 謂之流頭宴. 盖沿河朔避暑之飮, 而誤爲祓禊耳.

六月之中流頭節, 東京屋霤相烘熱. 彈冠振衣莫須遲, 流觴曲水行當設.

시를 새긴 돌 題詩石

陝川海[1]印寺之洞, 俗謂紅流洞. 洞口有武陵橋, 渡橋而行五六里, 有崔孤雲題詩石, 詩曰: '狂奔[2]疊石吼重巒, 人語難分咫尺間. 常恐是非聲到耳, 故敎流水盡籠山.' 後因名其石曰'致遠臺'

淮海風塵暗, 鷄林黃葉繁. 題詩與頑石, 謂是定無言.

---

1 海: 저본에는 '解'로 되어 있는데 '海'의 오류로 보아 바로잡음.
2 奔: 저본에는 '歕'으로 되어 있고 《최고운선생문집崔孤雲先生文集》 권1에는 '奔', 《東文選》에는 '噴'으로 되어 있는데 《최고운선생문집》에 의거해 바로잡음.

상서장 上書莊

上書莊, 在慶州府南六里金鰲山北. 羅末, 崔孤雲致書高麗太祖, 有鷄林黃葉鵠嶺靑松之語, 羅王聞而惡之. 後人, 名其居曰'上書莊'. 按, 金富軾《三國史》本傳, 畧曰: 崔致遠字孤雲, 一字海雲. 年十二, 入唐遊學, 乾符元年, 禮部侍郎裴瓚下及第, 調溧[1]水縣尉, 考績爲承務侍郎御史內供奉, 賜紫金魚帒. 出爲諸道兵馬都統高騈從事, 表狀書啓, 皆出其手. 檄黃巢有曰: '不惟天下之人, 皆思顯戮, 抑亦地中之鬼, 已擬陰誅.' 巢爲之瞿然. 中和五年, 奉詔故國, 留爲侍讀兼翰林學士守兵部侍郎. 孤雲西仕大唐, 東故國, 皆遭亂世, 迍邅蹇連, 無復仕進意. 帶隱伽倻山, 與母兄浮屠賢俊及定玄師, 爲方外之遊, 偃仰終老. 高麗顯宗時, 贈內史令文昌侯, 從祀文廟. 伽倻山, 在今陜川郡屬縣冶爐縣北三十里. 孤雲所著四六集一卷,《桂苑筆畊》二十卷, 載《新唐書》〈藝文志〉.

飛魚紫帶返窮荒, 枯木禪居黯夕陽. 一片鷄林黃葉裏, 行人指是上書莊.

---

1 溧: 저본에는 '漂'로 되어 있는데 문맥상 '溧'로 바로잡음.

절영마 絶影馬

絶影島，在東平縣南八里. 今屬東萊府，産名馬. 高麗太祖天授九年，後百濟王甄萱，遣使請還絶影馬. 先是，萱送絶影名馬于高麗，至是聞識，有絶影名馬至，百濟亡之語. 使人請還，太祖笑而許之. 今島中，猶置牧場，出良馬.

金絡頭鐵盤踝，來斯受之去則那. 塞翁倚伏誰復知，莞爾遣之眞王者. 君不聞黃山佛舍背發疽，變生骨肉移宗社. 人言况聞鵠嶺松，天命不在絶影馬.

구인랑 蚯蚓郞[1]

按,《聞慶縣志》武珍邨人有女, 姿容端正. 每有一紫衣男子到寢所
交婚[2] 而去. 女異之, 以鍼線, 刺其衣. 至明, 尋絲至北牆下, 掘之, 貫於
大蚯蚓之腰. 因而有娠, 是生甄萱云.

紫方袍練帶腰, 汝是土龍子, 進惟懍發悸. 加恩小兒父耕耰. 於菟就
乳非人謀, 當宵穿縷作汝好, 悔不擧汝猷烏鳥.

---

1 蚯蚓郞: 저본에는 '虹蚓郞'으로 되어 있는데 '虹'은 '蚯'의 잘못이다. 이에 '蚯蚓郞'으
로 바로잡음.

2 婚: 저본에는 '昏'으로 되어 있는데 문맥상 '婚'으로 바로잡음.

삼분수 三分水

三叉水, 在金海府東十里. 按, 《金官郡志》, 洛東江南流至府北磊津, 又東流爲玉池淵, 爲黃山江. 又南流至府南鷲梁入海, 與禮成江水相交, 潮擁國脈, 地鉗相應. 因此高麗文宗時, 以本府爲五道都部署本營. 其後都部署使韓冲, 以道內廣遠, 聞于朝, 分爲三道, 置本營, 其夕, 黃山江水三分入海, 因名三分水, 又曰'三叉水'.

黃山步, 昨日一條來, 今日三叉去. 三叉自不妨, 無乃國服除. 嗟嗟乎邦人, 悔設三部署.

능화봉 陵華峯

陵華峯, 在泗川縣南三十里, 高麗安宗葬於峯下. 初景宗妃皇甫氏, 出居私第, 嘗夢登鵠嶺旋流溢, 國中盡成銀海, 卜之, 曰: "生子則王, 有一國." 后曰: "我旣寡, 何以生子?" 宗室郁, 太祖第八子也, 所居與妃第近, 因與往來, 通而有娠. 成宗時, 后宿郁第, 家人積薪于庭而焚之, 百官奔救, 成宗亦亟往問之, 家人以實告. 后慚恨, 比還其第, 纔及門胎動, 攀門前柳枝, 免身而卒. 因命擇姆以養其兒, 竟歸于郁, 卽顯宗也. 遂流郁于泗川縣, 郁工文詞, 贈押送內侍高玄詩曰: '與君同日出皇畿, 君已先歸我未歸. 旅檻自嗟猿似鑠, 離亭還羨馬如飛. 帝城春色魂交夢, 海國風光淚滿衣. 聖主一言應不改, 可能使我老漁磯.' 又深於地理, 嘗密遺顯宗金一囊曰: "我死, 以金贈術師, 葬我縣城隍堂南歸龍洞." 郁竟卒于貶所, 顯宗如其言葬之, 及卽位, 追尊孝穆大王, 廟號安宗, 後移葬乾陵.

陵華洞草茸茸, 素旆丹旌[1]來遠峯. 幾日門前傷折柳, 它年銀海謾飛龍.

---

1 素旆丹旌 : 저본에는 '丹旌素旆'라 되어 있는데, 평측이 맞지 않으므로 '素旆丹旌'이라 고쳤다.

정과정 鄭瓜亭

鄭瓜亭, 嶺外詞曲名, 高麗毅宗時, 鄭敍以恭睿太后妹壻, 因有寵於仁宗. 被讒放故田里, 將行, 王謂曰: "行當召還." 久之因無召命, 乃築亭種瓜, 撫琴作歌, 以寓戀君之意, 詞極悽惋, 自號瓜亭樂府. 亭在東萊府城南十里, 遺址至今宛然. 李益齋齊賢, 嘗作詩解之曰: '憶君無日不霑衣, 正似春山蜀子規. 爲是爲非人莫問, 祗應殘月曉星知.' 又柳淑詩, '他鄕作客頭渾白, 到處逢人眼徧靑. 淸夜沈沈滿窓月, 琵琶一曲鄭瓜亭.'

蓬萊館外雨冥冥, 威鳳樓前絶使星. 何處最堪論客恨, 琵琶一曲鄭瓜亭.

두 가마솥 안의 시신 兩釜屍

高麗鄭仲夫之亂, 毅宗遜于巨[1]濟, 旣而東北面兵馬使金甫當·錄事張純錫·柳寅俊等, 擧兵, 奉前王, 出居慶州. 仲夫等聞之, 遣將軍李義旼, 殺純錫等. 義旼引前王, 至坤元寺北淵上, 手拉王脊骨而弑之, 裹屍以褥, 合兩釜, 投之淵中. 寺僧有善泅者, 取釜棄屍, 屍出水涘, 魚鱉烏鳶不敢食. 戶長弼仁等, 具棺葬之水濱.

君乎魚乎, 胡爲乎池瀦. 人乎厲乎, 豊耐之子, 胡血其跗. 珠襦玉匣雖已矣, 合之二釜胡忍歟. 池邊三日絶飛烏, 寺僧竊鐵其誅焉. 嘻噫乎, 爲此厲階誰任且, 當年誤爇牽龍鬚.

---

1 巨 : 저본에는 '以'자로 되어 있는데 문맥상 '巨'로 바로잡음.

대혼자 大昏子

按,《補閑[1]集》, 僧無己自號大昏子, 隱於咸陽之智異山. 一衲三十年, 每冬夏不出, 卷肚皮束于帶索, 春秋肚皷遊山. 日食三四斗, 一坐必浹旬, 起行則朗吟作偈, 山中七十餘菴, 每食一菴, 輒留一偈. 其無住菴偈云: '此境本無住, 何人起此堂? 惟餘無己者, 往來本無妨.'

大昏子發昏時, 束帶索一肚皮. 大昏子出世時, 五臺嶺雙鐵鞋. 不飽[2]一斗飯, 不補一衲衣. 道是風塵子, 道是布帒師. 咦由來無住者, 無己道爲誰.

---

1 閑: 저본에는 '閒'으로 되어 있는데 '閑'의 오류이므로 바로잡음.
2 飽: 저본에는 '包'로 되어 있는데 문맥상 '飽'로 바로잡음.

금시랑 琴侍郎

琴儀, 奉化人, 體貌奇爽, 善屬文, 與人面折, 無所忌諱. 高麗康宗元年, 金國冊使之來也, 欲由儀鳳[1]正門入, 儀問曰: "天子之巡狩方岳, 自古有之, 若皇帝枉蹕小國, 當自何門入?" 金使曰: "天子出入, 舍正門而何?" 儀曰: "然則人臣欲入君之正門可乎?" 金使大服, 乃自西門入. 至高宗時, 崔忠献用事, 嘗移入別第, 釖戟兵衛, 彌滿數里. 儀時爲樞密使, 亦隨從之, 時人以此鄙之.

琴侍郎, 頗剛伉. 往日落起復, 詔使實難當. 平平鳳儀路, 片言折其强. 琴侍郎, 今何愞. 牛峰賊子皐罔[2]赦, 豈有大臣樞密官, 自同皁隷爲從駕. 都房別抄誰主臣, 西臺老胥竊笑罵. 琴侍郎, 兩截人, 向之伉直應非眞.

---

1 儀鳳: 저본에는 '鳳儀'로 되어 있는데 문맥상 '儀鳳'으로 바로잡음.
2 罔: 저본에는 '岡'으로 되어 있는데 문맥상 '罔'으로 바로잡음.

안회헌 安晦軒

安裕, 興州[今順興府]人. 元宗初登第, 累官至中贊. 憂學校日衰, 議兩府, 以養賢庫虛竭, 無以資敎養, 令百官出銀布有差, 爲瞻學錢. 王亦出內庫財以助之. 餘貲送中原, 畫元聖及七十子之像, 又購祭器樂器六經諸子以來. 於是七管十二徒諸生, 橫經受業者以百數. 晚年, 常掛晦菴先生眞, 以致景慕, 遂號晦軒. 忠肅六年, 從祀文廟, 謚文成.

安晦軒道之尊. 生徒七管門. 牀前晦菴眞, 中原禮樂歸東蕃, 鄕人理氣窮委源.

황마포 黃麻布

　高麗忠烈王時, 蔡謨爲慶尙道勸農使, 多斂細麻布, 以事王及左右. 及李德孫薛仁永等, 相繼爲勸農使, 倍增其數, 而布極細. 其後, 朱印遠爲按廉勸農使, 貢二十升黃麻布, 王令左右, 爭取之, 以爲戲. 宰相言於王, 請罷之, 王不從. 今宜寧永川等地, 猶産此布, 目爲黃苧布, 槩以麻爲之, 以色如新柳, 薄如蟬翼者爲良.

　黃麻細布, 美于紈素. 雖堪爲衣, 不敢爲袴. 誰其理之, 束麻一絲. 誰其貿之, 一尺丈締. 函裝北馬, 謂王人者. 旣取我藏, 又徵我賈. 鷹坊儯夫, 襄欸胡盧. 忽赤之享, 以席聚舖.

이문학 李文學

李兆年, 京山人[今星州牧], 府吏[1]長庚之子. 忠惠王宿衛于元, 頗以不謹聞, 兆年進誡曰: "殿下事天子, 宜日謹一日, 奈何棄禮縱情, 以速累乎? 左右皆佞倖之徒, 孰從而聞正言, 見正事乎? 願改行自飭, 親儒雅之士." 王惡聞其言, 踰塘而走. 後故國, 見王彈雀于松岡, 兆年跪曰: "殿下忘明夷之時乎? 今惡少假威力, 略婦女, 攘財貨, 民不樂其生. 殿下聽老臣之言, 去便佞, 用賢良, 不復好嫚遊, 則臣雖死瞑目矣." 數諫王不納, 歎曰: "數諫不納, 責有所歸. 旣不能順其美, 適足以增其惡. 非臣所以愛君也, 不如去." 明日匹馬還鄉, 不交人間事. 以政堂文學卒, 諡文烈.

飛蒼走黃滿路歧, 牽龍小隊忽赤衣. 老儒沙簡里, 彈雀薜比思. 王乎是何語, 臣獨望涕漣洏. 臣家古本彼, 臣乃長庚兒. 位至大官身則重, 思不格君言何爲. 出國城還獻唏, 大花鬪幾時見, 壽天門永相瞬.[2] 臣身雖去心如結, 恐不死瞑目歸黃埃.

---

1 府吏 : 저본에는 '人府吏'로 되어 있는데 '人'이 연문衍文으로 여겨져 생략하였음.
2 瞬 : 저본에는 '舜'으로 되어 있는데 문맥상 '瞬'으로 바로잡음.

이익재 李益齋

李齊賢, 字仲思, 號益齋, 慶州人. 高麗忠烈朝登第. 忠宣以元世祖外孫, 娶晉王女寶塔實憐公主, 武宗卽位, 授駙馬都尉, 進封瀋[1]陽王. 構萬卷堂於燕邸, 招延姚燧・閻復・虞集・張養[2]浩・元明善・趙孟頫等, 咸遊其門, 與齊賢等考究經史, 品列書畫. 嘗奉使西蜀, 所至題詠, 傳播人口. 忠宣之降香江南也, 齊賢從王, 每遇樓臺佳致, 寄興遣懷曰: "此間不可無李生也." 以燕吳侍從功, 授高麗王府斷事官. 忠宣之流吐蕃也, 齊賢獻書元郎中及丞相拜住, 旣而帝命量移于朶思麻之地, 從拜住所奏也. 旣還國, 羣小煽亂, 屛跡不出. 後官至門下侍中鷄林府院君, 撰國史於其第, 史官及三舘, 皆會焉. 自少儕輩不敢斥名, 必稱益齊. 後配享恭愍廟庭, 著有《益齋亂藁》十卷, 元復初・趙承旨・張雲莊三公倡和詩, 俱載集中.

燕邸萬卷堂, 風流瀋陽王. 大兒元復初, 小兒張雲莊, 此間不可無侍郎. 去矣行香使, 千年甘露寺. 微雨澹雲朝, 菊秀[3]蘭衰地, 此間不可無仲思. 攸歟攸歟返益齋, 羣蜚蔽天不可偕.

---

1 瀋: 저본에는 '潘'으로 되어 있는데 문맥상 '瀋'으로 바로잡음.
2 養: 저본에는 '菀'으로 되어 있는데 문맥상 '養'으로 바로잡음.
3 秀: 저본에는 '垂'로 되어 있는데 문맥상 '秀'로 바로잡음.

十年亂藁議時事, 三舘編史從遲回. 晚年不樂胡爲哉, 前日信草草, 來今志業老. 李益齋何不敁來在嶺表, 孤雲挈家眞冥杳.

무신탑 無信墖

高麗恭愍王十五年, 鄭習仁知榮州[今榮川]事, 郡有佛墖, 名無信. 習仁曰: "異哉, 惡木不息, 盜泉不飮, 惡其名也. 安有巍然爲一邑所瞻視, 而以無信表之乎?" 命州吏刻日毀之. 辛旽聞之怒, 廢習仁爲庶人, 令就州復搆其墖.

渴不飮盜泉水, 車不過勝母里. 焉有表名爲無信, 而爲民所視. 邇聞文殊場, 國師祈元良. 吉日演福寺, 千乗[1]自行香. 演福不蒙福, 獰風蹴御牀. 矧爾無信卽不立, 推之踢之畀城隍.

---

1 千乗: '乗'은 '乘'과 같은 자이다. '千乘'은 왕을 뜻한다.

참된 정언 眞正言

李存吾, 慶州人, 高麗恭愍王十五年, 爲右正言, 上疏極言辛旽顒恣失禮之狀. 時旽與王對牀, 存吾目旽叱之, 旽惶駭不覺下牀. 王大怒, 下巡軍獄, 問曰: "爾乳臭童子, 何能自爲? 必有陰嗾者." 對曰: "國家不以童子無知, 置之言地, 敢不言以負國乎." 時存吾年二十五, 時人謂存吾眞正言也.

非僧非俗玉川髡, 平明走馬入紅門. 烏鷄白馬自養元, 手指二妃嬲[1]至尊. 重房忽赤爭趨奔, 文殊大會塵沙昏. 靑滿年少氣悶呑, 手齎尺疏排天閣. 胡牀夷踞誰特恩, 暖[2]目叱之驚坐蹲. 宮中老狐逐褫魂, 鷄林童子眞正言.

---

1 嬲: 저본에는 '甥男'으로 되어 있는데 문맥상 '嬲'으로 바로잡음.
2 暖: 저본에는 '暖'으로 되어 있는데 문맥상 '暖'으로 바로잡음.

문공의 목면 文公棉

　東國本無棉種, 古皆裝衣以紙. 高麗恭愍朝, 文益漸以正言, 爲書狀官如元, 得木棉種故. 屬其舅鄭天益種之, 比三年, 遂大蕃. 去核車·繅絲車, 皆天益創之. 益漸江城縣[今丹城縣]人, 本朝太宗朝, 追贈參知議政府事江城君.

　汝非鬼精子, 誰能呼種蒔. 汝非羊負來, 誰令生此地. 靑靑頭流茶, 猶言大廉植. 年年衣上綿, 卻是文公賜.

소주도 燒酒徒

高麗辛禑二年, 倭寇合浦[今昌原府]. 先是, 元帥金鎭大集一道妓樂, 與麾下晝夜酣飮, 軍中號曰'燒酒徒', 以鎭嗜燒酒也. 且刑杖濫酷, 一軍怨憤. 及寇至, 軍士卻立不戰曰: "元帥使燒酒徒擊賊, 我輩何爲." 遂至於敗.

君爲燒酒徒, 我爲箠下奴. 昨日之酒君爲政, 今日之事寧我與俱. 政須百榼與千觚, 氣酣突前無不殊. 急取凶醜顱, 刳其顱以爲飮器. 與元帥載斟載酌, 何必用我輩爲先驅.

철문어 鐵文魚

麗季有裵元龍者, 爲鷄林府尹, 侵漁百姓, 至斂民鐵杷, 載歸家, 府民目爲鐵文魚府尹. 八梢魚, 俗名文魚, 鐵杷之形似之故云.

鐵文魚, 何不杷人畲, 而反爲人漁. 三叉屈折如指爪, 爬民之肉吮民腴. 而輸爾田廬, 又敝我牛車. 鷄林自此鐵無餘, 抨弓去射[音碩]水文魚.

까치 쫓는 명령 嚇鵲令

朱印[1]遠爲慶尙道按廉勸農使, 惡聞鵲聲, 常令人嚇以弓矢. 一聞其聲, 卽徵銀瓶, 人不堪其苦.

寧當七年病, 不聞嚇鵲令. 寧出五銅鈼, 不納一銀瓶. 爾父淸如水, 文節眞無子. 向聞劉尙書, 號令無古初. 嘑鴉搜林木, 走鹿歸牢獄. 軍民至今言, 何時無此賢.

---

1 印 : 저본에는 '仁'으로 되어 있는데 문맥상 '印'으로 바로잡음.

무고악 舞鼓樂

李混, 號蒙菴, 麗季人, 爲寧海府使, 取海上浮槎, 製爲舞鼓, 復敎其音節. 權陽邨近謂, 其音宏壯, 其舞轉變, 翩翩然雙蝶遶花, 矯矯然二龍爭珠, 和於催春, 捷[1]於赴敵者, 此也. 今列邑妓樂, 此舞最盛行.

畫槌朱絡頭, 長衫月色紬. 丹陽女兒絶代舞, 可憐風日丹陽樓. 前年水上臼, 今日樓中鼓. 長鬐石綠雙畫龍, 黃金鏤觴朱絲組. 飄如海上鳧, 翕若盤中珠. 南官北使俱歎息, 丹陽舞鼓天下殊.

---

1 捷: 저본에는 '健'으로 되어 있는데, 《양촌선생문집》 권11, 〈영해부 서문루기寧海府西門樓記〉에 의거해 바로잡음.

옥섬섬 玉纖纖

按, 高麗鄭圃隱先生, 和田祿生贈金海琴妓玉纖纖詩序云: "昔宰相
埜隱田先生祿生, 爲鷄林判官時, 有贈金海琴妓玉纖纖詩云: '海上仙
山七點靑, 琴中素月一輪明. 世間不有纖纖手, 誰肯能彈太古情.' 後十
餘年, 埜隱來鎭合浦時, 纖纖已老矣. 呼置左右, 因使之彈琴." 余聞之,
追和其韻, 題于壁上如此云.

古調伽倻琴, 彈指玉纖纖. 金海佳人髮, 半白檜山遊, 客涕霑須弗.
君不見鷄林一樹似江潭, 樹猶如此人何堪.

정당매 政堂梅

姜淮伯, 高麗辛禑時人, 布衣時, 讀書于晉陽[今晉州府]之斷俗寺, 手植梅一株. 後登第, 官至政堂文學, 因號政堂梅.

蘭若千萬地, 梅花一樹春. 年年花發日, 回憶政堂人.

정시중 鄭侍中

鄭夢周, 迎日縣人, 爲高麗門下侍中. 初崔瑩勸辛禑興師攻遼, 我太祖擧義回軍, 復立王氏. 趙浚·鄭道傳·南誾等, 知天命人心所在, 欲推戴太祖. 洪武壬申三月, 太祖墜[1]馬, 夢周忌浚·道傳·誾等同心輔翼, 令臺諫劾流之, 遣金龜聯·李蟠, 就貶所將殺之. 義安大君和·興安君李濟等, 白太祖曰: "事已急矣, 將若之何?" 太祖曰: "死生有命, 但當順受而已." 和·濟等, 退謂麾下士趙英珪曰: "李氏之有功王室, 人皆知之. 今爲人所陷, 後世誰知者? 麾下士其無效力者乎?" 英珪曰: "敢不從命!" 乃要於路, 擊殺夢周. 太祖大怒, 因病篤, 至不能言. 太宗卽位, 以專心所事, 不貳其操, 贈諡文忠.

起舞莫錯愕, 飮酒無多酌. 花階花大零落, 今早風太甚惡. 公無早作, 苦乃作. 擎天何用隻手著, 臺臣十輩眞一錯, 神龍矕困終飛躍. 君不聞善竹橋頭血漬赭[叶陟略切], 千年雨洗鮮如昨.

김농암 金籠巖

金澍, 善山人, 高麗恭讓王四年, 以禮儀判書, 如大明賀節, 還至鴨綠江, 聞我太祖大王受禪, 寄書其夫人柳氏曰: "吾渡江卽無所容其身, 夫人有娠, 生男也, 名以揚燧, 生女也, 名以[1]命德." 仍送其朝衣及韡曰: "夫人下世, 以此合葬, 且以到江上還向中朝之日, 爲我忌日, 葬後勿用誌文墓碣." 遂還入中國, 居于荊楚之間. 後人取其所居鄕名, 稱爲金籠巖先生云.

金籠岩, 絶巇嵒. 渡江不落帆, 寄書愼封函. 生女復生男, 命名卿[2]須諳. 朝韡與朝衫, 同穴埋嶺南. 要知我夫日, 視我還故驂. 要知我故處, 楚水迷江潭. 君不聞鄭侍中善竹橋頭血如唅, 又不聞元處士雉嶽山間孤草庵. 死亦何所恨, 生亦無所慚. 金籠岩, 天必監. 豈必去故絶無參, 老死異[3]域嗟何堪.

---

1 以: 저본에는 '其'로 되어 있는데 문맥상 '以'로 바로잡음.
2 卿: 저본에는 '鄕'으로 되어 있는데 문맥상 '卿'으로 바로잡음.
3 異: 저본에는 빠져 있는데 앞뒤 문맥을 고려하여 '異'를 보충함.

길재야 吉再爺

　吉再, 善山人, 號冶隱先生. 高麗恭讓王二年, 以門下注書, 知國家將亡, 辭母老棄官故鄉. 與四方學者, 講明道學, 言必主忠孝, 邨婦巷女, 亦感其化. 其鄰有一卒遠戍, 其妻懼爲强暴所汙, 以棘圍欄, 自守幾十年. 一日夜, 卒自戍還, 呼令開門, 妻不從曰: "吾固認吾良人, 然暮夜潛入, 則豈吾半生自守之義乎? 使吉再爺聞之, 以爲如何?" 卒遂止宿欄下. 翌朝, 會鄰里, 始乃迎入云.

　鷄驚塒, 犬嘷欄. 左持燭, 右挈兒. 循庭戶, 下堂墀. 闔門語, 向前歧. 新婦念離別, 常念馬鳴悲. 馬鳴行人至, 向門剝啄非. 復疑秋胡婦, 可憐其[音奇]生不逢和樂且湛, 死令夫子罷其試[叶于其切]. 今夜闔門語, 來日共攜手入堂. 惟琴瑟在御, 莫不有儀. 有近鄰吉再爺, 見人之善若己爲, 見人不淑彼爺反恥之. 人之爲言不足畏, 惟畏吉爺知.

산유화 山有花

山有花, 本一善里婦香娘怨歌. 香娘見絶於其夫, 還家, 父母不在, 其叔欲令改嫁, 則泣而道不可, 自沉於洛東江. 江上峻坂, 有吉先生表節砥柱中流碑. 娘之死, 與采春儕女, 相遇於碑下, 作山有花曲, 使儕女歌之, 歌竟赴水死. 今其詞已失, 聲調猶傳嶺外. 每春時采山及揷秧, 叠其曼聲嗚咽, 纏緜悽惻, 使人有墟落之感. 昔崔杜機先生著有〈山有花女歌〉一篇, 以詳述其事始末[1]. 其後申靑泉維翰, 繼作〈山有花曲〉九篇, 自謂[2]幾於漢樂府九章蘼蕪之怨云.

山有花上江隝, 砥柱碑下江渚. 愁愁悒悒采薪女, 長傷嗟向誰語. 還故家見䝤父, 噫不諒以威. 男有婦可決去, 女有夫不再許. 潛垂淚出門戶, 傷春心向前浦. 橫盤渦久延佇, 輕騰身若投杵. 江中歌女所與, 憑[3]龍鱗憯急苦[4]. 揚纁袡汎椒糈, 褭暖姝悵何所. 鳶鴦鳥不可侶, 茳蘺草不可茹. 魂澹澹洛東滸, 山有花故來處.

1 末: 저본에는 빠져 있는데 앞뒤 문맥을 고려하여 '末'을 보충함.
2 自謂: 저본에는 '謂自'로 되어 있는데 문맥상 '自謂'로 바로잡음.
3 憑: 저본에는 '凴'으로 되어 있는데 문맥상 '憑'으로 바로잡음.
4 苦: 저본에는 '若'으로 되어 있는데 문맥상 '苦'로 바로잡음.

영동신 靈童神

靈童神, 亦名風神. 嶺南之俗, 每歲仲春, 各家陳明水, 具酒肴, 以祀風神, 祀必用昏時. 是月, 忌問喪送葬及諸不祥, 尤忌磔狗. 問之士人, 擧未知此俗刱於何人, 昉於何時也.

烹稻粱, 漉酒漿, 不爲豆豆里, 不爲媚竈王. 昨日打馬鬼, 爭鳴烈風揚. 湛湛明水, 鑒我大觥[叶姑橫切]¹. 星兮月兮, 旣潔且光. 淸酤爲酒, 汎琴瑟爲橋梁. 跂余以望遠, 泠然入太虛[叶虛王切]. 婆婆女巫, 如謔如狂. 不有所啓, 其何能昌, 嗟靈童兮, 愚我之民[叶謨陽切].

---

1 叶姑橫切: 저본에는 '叶切姑'로 되어 있는데 문맥상 '橫'을 보충해 넣고 협음을 표시하는 예에 따라 '叶姑橫切'로 바로잡음.

월명총 月明塚

塚在速含郡[今咸陽府]東十里愁智峯上. 世傳昔有東京商人, 悅沙斤驛女月明, 留數日而去. 月明思念不已, 得疾而死, 瘞于此. 後商人來, 哭其墓, 亦死, 遂同穴焉.

車倭倭馬遲遲, 愁智嶺落日時. 月明塚橫路歧, 女娘花開復開. 王孫草故不故, 商人子何時來. 長相憶永別離, 悲來于擧聲哀. 黃泉下敢相隨, 英臺墓華山畿[1]. 鴛鴦鳥連理枝, 古則有今見之.

---

1 畿 : 저본에는 '幾'로 되어 있는데 문맥상 '畿'로 바로잡음.

만어석 萬魚石

萬魚山洞, 在密陽府[1]東二十里. 洞中巖石大小悉有鍾磬聲. 世宗朝採之作磬, 不中律, 遂廢.

魚山之精, 萬石之崆[2]. 襂[3]襹弉曳, 微風凘洞. 硡然大鳴, 鍾磬震動. 豊山不諧, 泗濱矣徔[叶尹辣切]. 泠然天質, 謝彼推挏. 來人仰止, 出雲瀿瀿.

---

1 府: 저본에는 '縣'으로 되어 있는데 '府'의 오류이므로 바로잡음.
2 崆: 저본에는 '空'으로 되어 있는데 문맥상 '崆'으로 바로잡음.
3 襂: 저본에는 '織'으로 되어 있는데 문맥상 '襂'으로 바로잡음.

유배지에서 역사를 노래하다, 영남악부 嶺南樂府

1판 1쇄 인쇄 2011년 7월 20일
1판 1쇄 발행 2011년 7월 30일

지은이   이학규
옮긴이   실시학사 고전문학연구회
전각   양성주
펴낸이   김준영

출판부장   박광민
편집   신철호 · 현상철 · 구남희
디자인   김숙희
마케팅   장민석 · 송지혜
관리   이승재 · 김지현
교정   김현정
외주 디자인 고연
용지   화인페이퍼
출력   아이앤지프로세스
인쇄·제책   삼화인쇄

펴낸곳   성균관대학교 출판부
           110-745 서울특별시 종로구 명륜동 3가 53
           등록 1975년 5월 21일 제1975-9호
           전화 02) 760-1252~4 팩스 02) 762-7452
           홈페이지 press.skku. edu

ISBN   978-89-7986-880-7 03810   978-89-7986-859-3 (세트)
정가   24,000원

잘못된 책은 구입한 곳에서 교환해 드립니다.